乡村书系列/新疆美术摄影出版社

微笑的苹果

陈礼贤 著

图书在版编目(CIP)数据

微笑的苹果 / 陈礼贤著. —— 乌鲁木齐：新疆美术摄
影出版社，2011
（乡村书系列）
ISBN 978-7-5469-1511-1

Ⅰ.①微… Ⅱ.①陈… Ⅲ.①散文集–中国–当代
Ⅳ.①I267

中国版本图书馆 CIP 数据核字(2011)第 076471 号

策　　划　王　族
责任编辑　王　族
插　　图　任宪生
封面设计　唐梦颖

微笑的苹果

作　　者　陈礼贤
出　　版　新疆美术摄影出版社
地　　址　乌鲁木齐市西北路 1085 号
邮　　编　830000
制　　作　乌鲁木齐标杆集书刊设计有限公司
发　　行　新华书店
印　　刷　北京德富泰印务有限公司
开　　本　700 毫米×1000 毫米　1/16
印　　张　16
字　　数　250 千字
版　　次　2011 年 5 月第 1 版
印　　次　2011 年 5 月第 1 次印刷
书　　号　ISBN 978-7-5469-1511-1
定　　价　28.00 元

自序：我一直生活在这个村子

陈礼贤

三十八岁那年的二零零二年，我在一篇文章里写过这样的话："从小到大，我一直生活在我们这个村子，到现在已经整整三十八年了。"但是，在另一篇文章里我又这样说："离开村子那年我二十八岁……"——这就出现一个问题，两种说法相互矛盾。到底是怎么回事呢？我得在这里解释清楚。

确切地说，我早已不在我们那个村子生活了。自从十五岁那年考入县城里的师范学校，我开始脱离农村了。脱离的过程大致是这样的：最初，教书的学校距家不远，每到周末，自觉回家帮父母干活——这一阶段是在二十八岁以前，农活干得还熟练。后来调到距家稍远的学校去了，又处朋友了，一月甚至两月才回家一次，后来，只在农忙和寒暑假才回家——这一阶段在二十八岁至三十六岁，农活干得很少了。再后来，父母去世，我也由乡镇到了城市，好几年也难得回家一次，农活当然是从此丢开了——这是三十六岁以后的事。

所以，归纳起来就是这样：我在"我们这个村子"生活的时间顶多也就十五六年。说在村子里过了"二十八年"或者"三十八年"，那是不确切的。

既然如此，为什么还说"一直生活在这个村子"呢？我想，这里还有一个情况必须说明：我在十五岁以前就把除耕田犁地之外的所有农活都学会了，而且从上文知道，这些农活，我一直干到三十六岁。也许，我不如一个地道的农民干得那样多，那样好，但是，我在干。一个干着农活的人，他即使西装革履，骨子里头还是一个农民。我承认我是个农民，我身上始终散发着农民的气息。

从农村出来之后，人虽然在外面的世界游走，心却一直跟村庄连在一起。到城市的最初一两年里，我一直思乡，忧郁，孤独……有那么几次，我差点就要回去了。你看，这个村子对我的影响有多大。它养育了我，塑造了我，我的一切都与它相关，不管走到哪儿，我都摆脱不了它。我身上总带着村庄的气息和影子。

说到这里，我想你已经明白我的意思了。对于这个村庄，我不能简单地说"忘不了它"，这样说，总有些隔，而"一直生活在这个村子"，才是我真切的感受。于是我就照我内心的感受说了："从小到大，我一直生活在这个村子……"

下面说说"我们这个村子"吧。它在什么地方呢，在四川通江县三合乡境内一座山梁上，名叫"三脚湾"——这名字有点古怪，之所以这么叫，是因为村口有一块三只脚的石头立在那儿；这石头是天然的，立在那儿不知多少年了。

这个集子中的文字都是写这个村子的。你看了，或许觉得这地方不错。其实，这是一个游子思乡时写的，带一些梦幻色彩，与实际情形是有差异的。

三脚湾很偏僻，是一脚踏两县的地方——从村口出发朝东走，下河，上坡，翻一座小山，不消一个小时就到了邻县平昌的地界。那里是山地，山大沟多，交通不便，二十世纪八十年代后期，一条机耕道从二十里外的乡镇绕过来，算是与外界沟通了，但那路既窄且陡，又翻山越岭，七拐八折，行车不仅费时，而且危险，故少有车来，有车也不载人，村里人去乡镇赶场，都是肩挑背扛，徒步行走于山间的羊肠小道，一个多小时才能到达。因为地处山梁，遇上天旱少雨的年景，人畜饮水艰难，稻麦常常欠收……总而言之，并不是什么充满诗情画意的地方。

但这里满山是树，多鸟兽，空气清新，环境幽静，民风淳朴，住在这里的几十户人家，都是陈姓子孙，无论男女皆以叔伯兄弟姑嫂姐妹相称，和睦相处，如同一家。有点世外桃源的味道。

我在这个既苦寒又温情的村子生长，自小就放牛、割草、砍柴、挑粪、种地……吃过苦，也尝过甜，有过悲，也有过喜，值得回味的东西很多，本书收录的这些文字，是记忆中的一鳞半爪……好了，不多说，你打开看吧，看了就明白。

目　录

1/ 自序:我一直生活在这个村子

1/ 闲散的时光

　　2/ 菜园杂记

　　8/ 瓜们

　　16/ 过年的零食

　　20/ 房前屋后

　　24/ 生活与游戏

　　30/ 我的手工

　　34/ 闲散的时光

　　42/ 秋天的几个细节

　　46/ 太阳底下

49/ 种田的父亲

　　50/ 种田的父亲

　　55/ 父亲干活的样子

　　60/ 父亲

　　70/ 母亲的手工活

　　77/ 那时,我们不知道母亲在流泪

　　84/ 一些农具

　　97/ 土地档案

101/ 那些田地

106/ 消失的田地

111/ 村里的秘密

112/ 村里的秘密

117/ 村里的手艺人

125/ 三脚湾的日常生活

133/ 某个夜晚的三件事

140/ 神秘的村庄

148/ 我们的路

157/ 牲畜们的一些事

158/ 发生在院子里的事

165/ 我们家的鸡狗牛

169/ 牲畜们的一些事

186/ 陈三木和他的猪

191/ 一样都不能少

198/ 趣闻录

209/ 微笑的苹果

210/ 从乡村来到城市

217/ 像不像个城里人

223/ 城市边缘

228/ 在别人的村子里

236/ 看望村庄

242/ 回家

闲散的时光

微 笑 的 苹 果

菜园杂记

苗圃

初春,屋边的杨树上还没冒出花苞,母亲就走进菜园,开始整理苗圃,准备育苗了。

在母亲看来,育苗——让种子在土里发芽并生出秧苗,就跟女人生养孩子一样,须小心侍候。她先在园里选地。地不大,就是簸箕那么大一片,但必须是土壤肥、色泽好、水分足的熟土。"母壮儿强。好土才能长出好苗。"母亲这样说。

地选好了,将其中的瓦砾、树枝、草茎等一应杂质清除,把泥土打得碎碎的,都成细沫了,再和上干粪,拌匀——好了,苗圃——秧苗的"产床"就算准备好了。

过几天,节令到了,母亲提着装了各色种子的小布袋到园里播种。那么小的一片地,这时又分为若干小块,一块种南瓜子,一块种丝瓜,一块种辣椒,一块种向日葵……母亲蹲在地边,把各式各样的种子均匀地撒在苗床上,再施肥,再盖泥土。小心仔细,专注入神,仿佛是自家的女儿生养孩子,她心里有些担心,紧张而有序地忙碌着。

种子都下了地,再挑些稠的稀的粪来,饱饱地灌上——这一则是施肥,二则是滋润泥土——最后盖上地膜。至此,所有的工序才算做完。

余下一段日子,就静静等着土地生育了。

过几天,某一日早上起来一看,地里就突然冒出大片的绿来——满地密密的秧苗,矮矮的个头,小小的叶,而茎却是壮硕的,仿佛刚生下来的娃娃,胳膊和腿都短,却肥肥胖胖,细皮嫩肉,油光水滑。幼苗这样可爱,惹得我们心里发痒,忍不住拿手去摸,——要不是母亲呵斥,我们甚至要悄悄将它偷到另一个地方去私下养育……

不过,这都是十年前的事了。母亲去世已经十年了。

豇豆

有阳光雨露的滋润,秧苗在风里飞快地长着,好像只是眨眼的功夫,都大了。

最先大起来的当然是叶片。叶子那样饱满而滑润,让人想起女孩子悄然鼓起来的胸;温润而缠绵的叶脉,让人想到她们温情的肌肤;而那些躲在叶子后面尚未打开的花骨朵,正是她们含羞的小嘴。

一天早晨,母亲和妹妹走进菜园,把秧苗移植到其他地里。移植秧苗,跟女孩子的“出嫁”类似,这样的事,每年都是由母亲和妹妹她们去做的。

被移栽出去的秧苗,就像成熟的女子,各展姿态。豇豆、丝瓜和南瓜,都是些很妖魅的女子了,她们心中早有了无数念头,见了竹木搭成的架子,就在风中把身子探来探去,迫不及待地伸出藤蔓,——她们的藤蔓如纤纤素手,不动声色,一丝一丝用她们的柔情缠着一个什么,细细密密地,缠住了,就决不松手。看那样子,很有心计和手段,就像那些傍大款的女子。

豇豆的样子很好看。长长的腰身,很苗条。风一吹,在叶子间一拂一拂的,腰肢灵活,很有风韵的样子。

茄子

园子里的菜都是种来吃的,就说些吃的事。

茄子可以生吃。虽然有点微辣,味道还是不错。下午放学回家的孩子,两碗稀饭喝进去,还觉得肚子有些空,就去屋边菜地里转上一圈,出来时手里抓着两个嫩茄子,一边走一边吃。我小时候也是这样。

茄肉呈絮状,吃在嘴里有些涩的感觉。

茄子大多是长圆形,刚长起来是端直的,长着长着就弯曲起来。看它们像弯弯的牛角挂在植株上,我们就去地里把它摘回来。

它的表皮黑紫,泛着亮光,看起来逗人爱。小时候,我们给村里一个同伴取了"茄子"的诨名,因为他的脸是黑里透着光的。

地里的茄子多得吃不完的时候,我们就摘回来破开,用开水烫个半熟,拿到太阳里暴晒,晒干后装好。到了冬天,外面一地白雪,屋里烧起旺盛的火来,用干茄子炖猪蹄或者猪骨头,吃来感觉真是好得不能说。

茄子的植株不高,开紫色的小花。

辣椒

辣椒的品种很多,我们只种过三四样。都很辣,所以不能生吃。听说湖南人是生吃辣椒的,我估计,他们吃的不是我们种的这些……太辣了,恐怕难以直接入口。

我们小时候,母亲总是很忙,常常刚从地里回来就忙忙慌慌到灶屋做饭,炒菜时才记起没有辣椒,叫我们快去地里摘。幸好菜地在屋边,我们很快摘一大把回来,正好赶上用。母亲将它们洗净,切成丝,下锅,"刷"的一阵爆炒。满屋都

任宪生作品

是香气。

刚出来的青辣椒味道还平，慢慢就辣了。有一种辣椒个头较小，小指头那样大，却十分辣。小说上把敢于说话、个性特别的女子比作"小辣椒"，倒也贴切。还有一种朝天椒，也是辣劲十足，样子就有些倔强，都昂头向着天空，一副天不怕地不怕的样子，吃到嘴里，辣得人透不过气。

秋天，辣椒树的叶子还是青青的，辣椒就一个一个先红了。我们受了母亲的指示，提着撮箕去地里摘，回来在院坝里晒。晒干，拈一个在耳边摇，里面的辣米子沙沙直响。我们把它收回去装进口袋贮存起来。也有用麻线把它们一个一个串起来挂在房梁上的。红红的辣椒吊在房梁上，这在艺术家的眼里是很好的风景，他们拍照，画画，写诗，称赞农民的劳动是怎样的美好。而在我们，没有这么多念头，不过是个收储的方式罢了。

辣椒再辣，也有蛀虫敢在里面生长，所以隔些日子要拿出来晒一晒。当然，挂在房梁上的就不必了，它们一直风吹日晒嘛。

辣椒的植株也不高，跟茄子差不多，二尺上下。

辣椒开细碎的小白花。这花让人有洁净的感觉。

野菜

大地是一个大菜园呢，长了那么多的野菜。小时吃过很多野菜。有一种不起眼的小东西，叫茴香子。把种子撒在什么地方，它就在什么地方生长，不择地势。通常是，上年种过茴香子的地方，第二年又会长出很大一丛。

它的叶子很怪，不是一片一片，而是一丝一丝，像文竹。它的气味有一种刺鼻的香。阴历五月，小麦收回来了，磨出麦面来，母亲叫我们去地里摘一大把茴香子回来，切碎，调进面粉里，用菜油烙饼吃。那个滋味，满口生香。

跟茴香子一样好吃的，还有野葱。它不在菜园里种着，而在野外生长，山坡和平地上都有。到了春夏，我们去田坝放牛，常常在田边地角看见它的踪影。那些长得茂盛的，我们挖起来，去泥，带回家。母亲炒菜时，用它做佐料，吃起来很香。

椿树的芽——椿树，别的地方有叫香椿的，我们这里叫椿杨树，它的嫩芽也是很好的野菜。春天，菜园里还空旷着，菜没长起来，椿树率先发芽。用椿树芽炒腌菜，或者拌一些豆豉炒来下饭，滋味都很不错。那应该算是春日里最先尝到的美味了。

夏天吃马齿苋。沙地里最多，轻轻一带就起来，很好采摘。回家用热水燎熟，冷却后用佐料凉拌，是佐餐的佳品。

红薯叶子也是好吃的。我们通常用米粉蒸着吃，米粉里调好油盐和其他佐料，和在苕叶里拌好，就可以下锅了。可以单独蒸，也可以焖饭时放在饭锅里顺带蒸好，味道很新鲜。

我们还吃过黄荆树叶。它不是野菜，但我们吃过，也在这里顺便说说。黄荆树是生在山野中的落叶灌木，叶上有长柄，叶片呈掌状分裂。叶子尚嫩时采回来，用开水烫一下，然后用米粉蒸熟，亦可食，但其味苦涩。上世纪七十年代，天旱，地里没收成，山上的野菜都采光了，我们就去树林中抢黄荆树叶——村里人都去摘，动作慢了就没有了，所以是"抢"。

瓜们

南瓜

释名：南瓜四月生苗，藤蔓可长到十余丈，节节有根，附地而生。南瓜的茎，中空，叶如荷叶。开黄花，一根藤上可结瓜十数颗，瓜圆，颜色或绿或黄或红。经霜后收置于暖处，可贮存到次年三、四月。适宜种在肥沃的沙地。

《本草纲目》：南瓜味甘，性温；能补中益气，但多食则发脚气、黄疸。

南瓜的种子如贝，很小，小得会从指缝间溜走。但是一旦种下地，发了芽，就有长长的藤蔓牵出来，一边贴地往前审，一边生出许多瓜叶。不知不觉间，就铺开一大片绿来。藤蔓上有很多卷须，手一样伸出去，四处摸索，攀上什么了，比如一条桑枝吧，就牢牢缠住。卷须细而长，力气却不小，把向上的枝条拉下来，拉成一个好看的弧。藤蔓就顺势而上，爬上树去。最后，那棵桑树不见了，都让密密的瓜叶给盖住。这时你才惊诧，一粒小小的种子，竟有这样的能量。

过些日子，瓜叶间开出一朵一朵喇叭样的黄花。它们高高地站在树枝上，对着村庄，好像在吹奏什么曲子。

花还没落蒂,就结了一串瓜。先是纽扣大小,后来就风吹似的往大里长,拳头大了,碗大了。瓜叶先还掩着这些嫩嫩的瓜,慢慢就掩不住了,暴露出来,在阳光下亮亮地闪光,惹眼得很。这时站在地边一数,欣喜得心跳——居然有这么多瓜!

嫩瓜的模样很好看,滴溜溜的圆,皮肤嫩得要冒出水来。成天卧在地上,像一群顽皮娃娃。

南瓜好吃,尽人皆知。嫩瓜切成丝,用新鲜的辣椒干炒,味极鲜。也可切成薄片,和别的菜炒,滋味很不错。

瓜好吃,却不可滥采。有一首《黄台瓜词》,把其中的道理说得很明白:"种瓜黄台下,瓜熟子离离。一摘使瓜好,再摘使瓜稀,三摘犹为可,四摘抱蔓归。"

南瓜成熟时,天已凉,得抓紧收获,不然就要烂在地里了。它们的个头比面盆还大,很沉,就是大人,也得用足力气才能搬动,如果是孩子采摘,要两个人抬着才能搬回家去。

成熟的南瓜,色黄,味甜。和大米一起煮食,白里透红,颜色鲜艳,看着眼馋,吃着舒心。熬稀饭时加一些,饭稠,吃起来有一种糯糯的甜。

南瓜是容易储藏的,可以一直存到冬天。一些人家把南瓜切成薄片,晒干,储存到第二年,好度春荒。不过,这是从前的事,现在怕是没人这样做了。

南瓜子,我们叫它瓜米,肉厚,炒熟吃,脆而香。小时候,母亲每次剖瓜,我们总在旁边等着,她把瓜瓤掏出来,我们从中捋出瓜米,用水洗净,铺在筲箕里,拿到后房上去晒。太阳好,晒一天就能干透,太阳软,晒好几天才行。晒干之后,下锅炒熟,凉一凉,去皮,丢进嘴里一嚼,满口生香。

冬瓜

释名:冬月成熟,故名冬瓜。藤上生有卷须,能爬蔓,叶子大,开黄花,果实为球形或长圆柱形。瓜嫩时呈绿色,表皮有毛,熟后呈青色,皮坚厚有粉。

瓜肉肥白。瓜瓤如絮，白而虚松。瓤中之籽排列生长。经霜后收摘。

《本草纲目》：冬瓜味甘，性温，全身是宝，瓜肉可利小便、治痱子等；瓜瓤
性平，可治肠内结块，能轻身耐老；瓜叶可治肿毒，疗蜂叮；瓜藤捣汁服用，能
解木耳毒……

冬瓜的藤蔓不在地上爬，都往树上牵。藤蔓前端的卷须扬起来，往前探，寻找
可以攀附的树枝。常常是这样，头天傍晚还两手空空，什么也没抓着，第二天早上
去看，已经把某根树枝抓住了。抓住了，就拿卷须去绕，一圈又一圈，缠得很牢。想
逃是不行的。

之所以抓得这样牢，自有它的道理：它要把果实挂到树上去。冬瓜是个爱干净的
"小白脸"。表皮上密布着密而软的白色绒毛，浑身还扑满白粉。摸一把，满手都白了。
冬瓜的叶子也是带着一些白，干干净净。这样爱干净，它当然要把瓜果高高地挂起
来，而不是丢在地上。

冬瓜吊在树上，越长越大。嫩的冬瓜有一个苗条的身材，到了成年，就成了大胖
子。一天比一天胖，那藤蔓就有些挂不住了，一些树枝给吊得弯下来，甚至，整个的树
都偏斜了。我们有些担心，赶快给那树打个撑，免得它坠下地来。

冬瓜的肉是透明的白，简直算得是晶莹。剖开，切成小块，跟上年留下来的腊猪
蹄一起炖，是初夏难得尝到的美味。

冬瓜也是耐得储存的，放在地上好几个月不会烂。

苦瓜

释名：苦瓜五月下种；牵藤后，茎叶上即生卷须；七八月开黄花，花有五
瓣，圆形。结青色的瓜，瓜皮上有许多瘤状的突起；瓜熟时色黄而自裂，里面
有红瓤黑子，其时，瓤甘甜可食。

《本草纲目》:苦瓜味苦,性寒,食之可除邪热,解劳乏,清心聪耳明目轻身,使人肌肤润泽,精力旺盛,不易衰老。瓜子能益气壮阳。

夏季,地里长出很多牵着藤蔓的蔬菜,我们为它们一一搭了架,它们的藤蔓就顺杆爬上去。其中一种,茎很细,也没别的藤蔓牵得长,开过小小的黄花后,就结出一些长圆形的小瓜来。这瓜两头尖,表面有许多瘤状的突起物,样子很难看。这就是苦瓜。

我小时候不喜欢吃苦瓜,它太苦了。一家人都不爱吃,说它味道不好。曾经听说,如果用很多油爆炒,是好吃的。但那个年代,我们家的油壶总是空的,哪来"很多的油"呢。

我们种的就少了,一年种那么一两株,而且总在地边给它找个位置。也不大理会它,给别的蔬菜施肥时,顺便泼那么一瓢半瓢。可是它长得并不坏,结的瓜也不少,瓜藤上吊了一串。很多时候,我们不闻不问,也不采摘,由它自己长。等到某一天,母亲说别的蔬菜已经没有可以采摘的了,我们才去地里摘几个苦瓜回来,马马虎虎吃一顿。

苦瓜是苦命的瓜。

黄瓜

释名:二月下种,三月生苗牵藤。叶像冬瓜叶,也有细毛。藤上生有卷须,叶子互生,四月开花,花黄色。瓜为圆柱形,长可尺许;皮青色,有小刺。到老时,瓜皮呈黄色。

《本草纲目》:黄瓜性寒,有小毒;能清热解渴,利水道;但不可常吃,否则动寒热,损阴血;不能同醋食。

也是用竹木搭了架，让它的藤蔓爬上去。到了结果时，黄瓜就一个一个吊在架子上。

黄瓜除炒熟了佐餐，也可以生吃。放学回家，饭还没好，就去菜地摘两根嫩黄瓜，用衣袖把上面的小刺擦一擦，就吃了起来。黄瓜多汁，一口咬下去，满口汁水，既解渴，又解饿。

因为黄瓜可以生吃，我们常常注意着菜园里的动静，担心过路的人顺手牵羊，也担心邻家的孩子会偷摘。所以，地里的瓜长得如何，有几个大的，有几个小的，哪个长得好，哪个长得不好，我们心里是有数的。

黄瓜还可以用盐水泡了做菜。夏季，我们的泡菜缸里是少不了黄瓜的。用清水将刚摘回的黄瓜洗净，露一下水气，然后放进缸里。泡上两三天就熟了，捞上来，切成片，或是指头大小的颗粒——拈一块放进嘴里，脆生生的，嘎嘣响，味道很鲜。不可泡得太久，否则要失了本味，还酸得掉牙。

丝瓜

释名：瓜叶分叉，通常三至七裂；叶尖有细毛刺。茎上有棱。六七月开花，花为五瓣，黄色。果实长形，成熟后肉多网状纤维，千丝万缕，故名丝瓜。

《本草纲目》：丝瓜可去风化痰，通经络，行血脉；叶子可治癣疮；根能治虫牙。

丝瓜的藤蔓牵得格外长，叶子也大，很容易掩住别的蔬菜，使其受不到阳光的照拂和雨露的滋润。所以，我们总把它种在地边。

通常，菜园四周有一圈栅栏。播种时，我们把丝瓜种埋在栅栏边，它们的藤蔓牵出来时，都爬到栅栏上去了，省得另外给它们搭架。

也有人把种子埋在树下，让它的藤蔓牵到树上去。结瓜了，一个一个吊在枝头，

任宪生作品

风一吹,晃来荡去,打秋千似的。

关于丝瓜,我曾写过这样的文字:"丝瓜是些很妖魅的女子了,她们心中早有了无数念头,见了竹木搭成的架子,就在风中把身子探来探去,迫不及待地伸出手去——她们的藤蔓如手,细细密密,用她们的柔情缠住一个什么,就决不松手,很有心计和手段……"

丝瓜花像城里女子头上一朵朵打得很好看的蝴蝶结,在竹木做成的栅栏上开着,在树上开着,给人朴素而明丽的美感。

丝瓜肉嫩,多水分。炒着吃当然是好的,但我们通常把它切成细长的条状,跟面条一起煮,吃来感觉极好,软和,滑爽。

老的丝瓜不能吃。那时内瓤都空了,网成一团的丝。丝是白色,千丝万缕交织在一起,编成一个美的"宫殿"。"宫"里住的是瓜子,一粒一粒黑得发亮。提起瓜瓢一抖,瓜子就纷纷溜出来,在地上乱跳。

我们每年都要把几个丝瓜养老,好得几个瓜瓢——用瓜瓢洗锅刷碗,是再好没有的。

菜瓜

释名:二三月下种生苗,就地牵藤生蔓,叶青色,花黄色;夏秋间结瓜,长形或椭圆形,皮青色,有花斑。

《本草纲目》:食菜瓜利于肠胃,可止烦渴,泄热气。

菜瓜的藤蔓短而细,勿需用竹木为它搭架,就在地下铺开长。

不给菜瓜搭架,不是我们薄待它,而是它短短的藤蔓上没有可以攀缘的卷须。没有卷须,搭了架也是没用的。

菜瓜的花很小,星星点点的黄。结瓜不多,三两个而已,也不大,如果生吃,三两口就完了。

　　因为就地牵藤,结下的瓜都伏在瓜叶和草丛里,不留心找,不大容易看见。有时候,到了晚秋,瓜叶枯了,那些瓜才露出面来。它们安静地卧在地上。把它们移开,就见地上有浅浅的泥窝。那些泥窝是它们的安身之处。它们一直卧在那儿,卧了好几个月。

　　菜瓜的形状肥而短,样子有些憨。老的菜瓜,表皮带着花斑,让人想起花蛇。我是有点怕蛇的,看见菜瓜卧在地上,总有些疑心。

过年的零食

爆米花

腊月的一天,一个外乡人从岭上的小路上下来,进了我们村。他背着一个大肚子的椭圆形黑铁罐,一边走一边吆喝:"炒阴米子罗,炒阴米子罗……"唱歌一样。我们一帮孩子听了心里欢喜得很,赶快从屋里跑出来看。

阴米子就是米花。这外乡人是来爆米花的。他每年来一次。他来了,就意味着快过年了。我们早就盼着过年了。

过年没有米花肯定不行。家家都要爆米花的。他走到哪家,我们跟到哪家。看他爆米花是快乐而有趣的事。

有一天他到了我们家。他在我们院坝支开一个三只脚的铁鼎,那就是炉灶了,再把大肚子铁罐架在炉灶上。炉灶和铁罐都是他自己带来的。我们把事先备好的木柴抱出来放在他脚边,又端出两碗雪白的大米,看他倒进黑铁罐的肚子里——然后,我们蹲下去,围成一圈,看他怎样把米粒爆成米花。其实,这是往年看过的了,我们对他那一套做法已经很是熟悉。

炉灶旁边有一个小风箱,他用力推拉,木柴就在炉灶里燃得呼呼有声。火苗蹿起来，直往上冲，劲头很大的样子，却迎头撞在铁罐的大肚子上，就立即软了下来，软成一匹丝绸的样子，把铁罐整个地包围起来。

那铁罐一端有一个手柄，他握着手柄不停地摇，那铁罐就跟着不停地转动。米在里面翻动，有沙沙的声音。

铁罐上装有一个气压表，他偶尔看一眼。表盘上的针慢慢走动着，走到某个位置，他就站起来——我们知道他要干什么，忙四面散开，胆小的把手指塞进耳朵，侧着身子，不敢看，又想看，于是歪着头，眼睛一眨一眨的。这时，外乡人把铁罐提起来，套进一条事先准备好的麻袋中，侧过脸，一只手在麻袋里动着，忽然，"嘭"的一声大响，接着一股白烟冒起——米花已经爆出来了，我们"哦"的一声又跑拢去。打开麻袋一看，可不是，小小的米粒成了大大的米花。那么多的米花挤在一起，像一堆雪白的云。抓一把丢进嘴里，好脆，好香。

离过年还有一段时间，母亲用塑料袋把爆米花装好，藏在一个什么地方。她以为藏得很好了，却不知我们总能找到，背地里偷着吃。过年的时候，来了亲戚，她拿出爆米花待客，一看少了很多，估计是我们偷了嘴，却装作不知道，什么也不说。

爆米花可以当茶吃。在杯子里倒上开水，放上爆米花，再兑点红糖，就是一杯茶了。我们叫它米花茶，别有风味。

爆米花是不能饱肚的，看起来一大碗，开水一泡就化了。不过，它是过年的吃食，到底是不能少的。

苞谷泡

过年，苞谷泡也是不能少的。

苞谷就是玉米。苞谷泡就是爆玉米花。

炒苞谷泡，不需请人，母亲自己就行。

在我们家，炒苞谷泡总是大年三十晚上的事。年底，母亲总是忙这忙那，这时才得空闲。当然,这晚就是不空,也不能再推了,再晚也得炒,因为第二天就是大年初一,天一亮就有人来拜年,得拿这个待客。

炒苞谷泡也简单,只是火候要掌握好,火不要太猛,也不要太弱。将苞谷米倒进锅里,用铲子左一下右一下翻着炒。苞谷米慢慢就烘干了,又热得烫手了,后来就膨胀开来,有几颗等不及先爆开了花,再翻炒几下,眼看满锅的苞谷米都要爆开了,赶紧用锅盖盖上——热的气流在锅里回旋,只是几秒,锅里就哗哗啵啵响成一片,所有的苞谷米都炸开了。它们炸开的时候,力量不小,似乎可以跳到房顶上去,却让锅盖给压住了。不久,锅里的爆裂声渐渐稀疏了,最后安静下来,揭开盖子一看,呵,苞谷泡就像一朵一朵小棉花,开得真好。

第二天早上,天还没有大亮,就有人拜年来了,我们赶紧起床开门,生火,倒开水,把花生、向日葵、爆米花和苞谷泡一一端出来待客。

看苞谷泡又大又白,客人就夸赞:炒得真好。说着丢进嘴,一嚼,嘎嘣响。

核桃

有那么几年,每到大年初一,我们起床之后的第一件事,就是去给三爷拜年。他家有核桃。我们想讨他的核桃吃。

我们家没有核桃树。可我们偏偏爱吃核桃。核桃那个香啊,没有什么可以形容得出。

三爷屋边有一棵十几年的核桃树,树冠遮住了大半个院坝。他每年要摘两背篼核桃。

我们穿一身新衣服,刚走到他家院坝边就大呼小叫喊"三爷"。三爷看见一群孩子给他拜年来了,赶快将半盆向日葵、花生和核桃端出来,一人抓几把,把我们的衣袋胀得鼓起来。但核桃不多,只四五颗。我们吃向日葵、花生,舍不得吃核桃,摸了又摸,看了又看,最后又放进口袋里。第一天没吃,第二天吃了一颗,第三天又吃了一

微笑的苹果

颗。五六天后,终于把剩下的几颗吃了。

一年,三百六十五天,我们就吃了这么几颗核桃。

后来,父亲在我们家屋边栽下一棵核桃树,再过几年,长大了,也开始结果。树小,果实不多,一年顶多收一撮箕核桃。不过,我们总算自己有核桃了。

自家有了核桃,有人来拜年,我们也就拿些待客。有一年,邻居四狗跟着一群孩子来我们家拜年,母亲叫弟弟给他们一人取几颗核桃,别的人都取了,轮到四狗时,弟弟不给——前几天因为一个什么事,他跟四狗闹僵了。四狗气得要哭——他家没有核桃树,而他也是偏喜欢吃核桃的。四狗给弟弟说了一大堆好话,终于得到几颗核桃。之后,他们就和好了。

房前屋后

院坝里

房前是一个土坝。这就是我们家的院坝了。

春夏之间，满院绿草，其间夹杂着些野花。是家畜们的乐园。鸡们在草丛里啄虫，猫和狗在草地上打滚逗乐。蝴蝶也来，蜻蜓也来。很热闹。

到秋天，草渐渐枯萎，院坝就成了晒场。我们把刚从地里收回来的大豆、黄豆铺在坝里晒。刚从坡里砍回的柴，也铺着晒。

早先，坝子一角安着一盘大石磨，每年麦收之后的一两个月里，早晚都有人来磨面。这石磨虽是我们的，却一直是大家公用。

后来，我去外面读了几年书，再回来时，石磨不见了。原来，村里有人买了磨面机，这古笨落后的东西没人用了。

坝边有一棵柿树。一到秋天，叶子都掉了，枝头上吊着拳头大的红柿子，风一吹，晃来荡去。

还有一株古柏。听说是曾祖父年轻时手植，有一百多岁了。它一直斜着身子站在那里。好像是以一种贴近土地的姿势，在倾听什么。

它的树干黄桶一样粗,接近地面的一段,很大一块树皮没有了,秃着。据说,那些树皮是雷抓走的,因为树底下藏着成了精的蛇。这当然不足信。但是,雷电击树,那是确实的,我们亲眼见过。是一年夏天的某个中午,突然电闪雷鸣,暴雨倾盆,我们慌慌忙忙从坡里回来,在屋檐下坐着,看一条一条水柱从檐口飞泻而下,听千万个雨水的脚在地上踏出惊天动地的响。忽然,眼前大亮,一个闪电像一把明亮的大刀,把天幕划开一道长长的口子,我们正在心惊,却见坝边的古柏身子一抖擞,一大片树皮不翼而飞……

树上有不少枯枝,秃秃地支愣着。有月亮的晚上,抬头一看,都向晴空刺去,十分醒目。

院坝下边那块地

院坝下面是一块地。这地除了出产油菜,还生长一种草,就是牛和兔子都喜欢吃的麦麦草。小时候,每日放学回家,我和二狗他们常去这地里扯了草回去喂牛和兔——那当然是春夏之间的事。

在施足了农家肥的良田里,这草长得格外好,嫩嫩的,密密的,像铺了一张绿毯。这草根底浅,仿佛是粘在地皮上,轻轻一带就起来了。我们蹲在地沟,双手并用,一把一把连根拔,不久就扯了一大堆。

蹲在地里,头顶是繁花似锦的油菜花,薄薄的阳光照下来,眼前就是一个童话般的世界。但是,突然响起一声吼叫,我们惊得一抖——原来是生产队长来了。这地是集体的,油菜是集体的,野草也是集体的。队长不许我们在地里扯草,因为油菜正在扬花,不宜扰动。我们慌慌忙忙出来,背起草就走。

这时节,套种在油菜地里的豌豆结角了,弯月似的吊在藤上,我们路过,总要偷偷摘一两个,剥出里面的豆粒塞进嘴。豌豆角是可以生吃的。

收了油菜之后,这地又种稻子。到秋天,稻谷成熟了,饱饱的谷粒挂在穗子上,一串一串,把稻秆压得快要撑持不住了。这时候,鸡们,当然是我们邻近这几家的,它们成群结队而来,在田边站成一排,挺身鼓腹,啄食穗上的谷粒。队长又来了,他从别处赶来——要知道,这时候,满村的稻谷都熟了,家家的鸡都在田边忙着呢,队长正满村跑着哄赶——他又叫又骂,弄得鸡飞狗跳。我们呢,因为庄稼是公家的,鸡是自家的,有些理亏,于是"哦呵呵"叫着,帮着队长赶。但是,鸡这东西聪明得很,又有一双跑得飞快的腿,你这里赶走了,它又跑到那里,赶来赶去,它们总在稻田边伸长脖子吃。

到收割时,靠近田边的稻穗,差不多就都空了。

屋后那片树林

屋后是一面斜坡,斜坡里有一片竹林。竹林周边,是一些李树和桃树,还有三两株椿树、几棵梨树和一些叫不出名的杂树。

因为有这些树,一到春夏,屋后就热闹起来。先是桃花红了,接下来是雪白的李花和梨花齐扑扑开放。蜂飞蝶舞,鸟语花香。那时候,我们的瓦房在花团锦簇里亮堂起来。到了盛夏,枝叶都很繁茂,蓊蓊郁郁一大片,将我们的瓦房全都掩住。外地人到村里来,往往不知道这林子里住着一家人。

林中多鸟。桃红李白,鸟飞上下。夏日的早晨,刚醒来,还不及起床,林中已是百鸟争鸣,叽叽喳喳,咕咕唧唧,热闹非凡。

林中总有几个鸟窝,架在很高的树杈里。常见大鸟去外面叼食回来喂小鸟。小鸟在窝里叽叽叫,偶尔扑腾一下。总希望掉下一只来,好让我们养一回,却一直没有。

那些树,我最喜欢的是李树。我喜欢吃李子。不知何故,那几棵桃树总是遭受虫害,结的果子不多,也不大。梨树呢,总不见长高长大,一直是小碗那么粗,多少年过去了,还是一竹竿高,每年只结出三五个果子,果子倒是很大的,可是硬得像一块铁,啃不动;终于啃下一口,却是没滋没味。

每年春天,椿树发芽了,我爬上去摘。椿树的嫩叶可以做菜,用开水燎一下,拌一些豆豉或别的什么作料,炒熟下饭,滋味很不错。

任宪生作品

生活与游戏

尝新

一年之中，我们要尝两次新。新麦出来了，要尝一尝，新米出来了，也要尝一尝。

尝新麦是在五月。正是农忙时节，白天没空磨面，常常是在黄昏，母亲刚从地里回来，手里的镰刀和锄头还没放稳，就吩咐我和妹妹："把牛牵出来，磨面。今晚我们尝新。"

我们赶紧把一袋刚从晒场收回的新麦搬出来，把面箩和簸箕拿出来，把牛牵到屋边竹林下的石磨那里，开始磨面。

天黑了，村子静下来。马灯挂在一棵树上，淡淡的光里，我吆着牛在磨道上一圈一圈转，石磨嗡嗡地响。母亲在一边用纱箩筛面，雪白的面粉飘起来，落在她身上，衣服、头发和眉毛都白了，像童话里的神仙。

磨完面，夜已深。把磨盘打扫干净，把东西收回屋，我们累得没了力气，瞌睡也来了，浓得睁不开眼，歪在桌边睡着了。

母亲还不得闲，她点着油灯在灶头给我们烙油饼。我们还没吃晚饭呢。朦胧中，我们听到油在锅里嗞嗞地响,一种香气飘入我们的鼻腔。

这香又从瓦缝里飘出去,散浸到夜色深处。

油饼出锅,母亲把我们叫醒。饼是薄薄的,金黄的颜色,咬一口,脆而酥,鲜而香,馋得我们流出口水,狼吞虎咽地大嚼。

过几天,母亲把一袋面粉背到邻村的挂面房做成面条,回来又给我们煮汤面。汤面里使了很多油,放了葱花,还卧了鸡蛋。除了过年,这是我们一年中吃得最好的一餐饭了。

那么,这年的新麦我们算是尝过了。

之后,日子又回到原来的状态,吃野菜,咽红薯。那些剩下的面粉,母亲都放进柜子里去,家里来了客人,才拿出来做点好吃的。

阴历九月,新米出来了,也要尝一尝。从三月春荒开始,过去的几个月里,我们天天吃粗粮野菜,很久没有吃过米了。现在,我们要做一锅雪白的米饭——不杂一点粗粮——饱饱地吃一顿。

这回很是郑重。先要端一碗去坟园里敬献祖先,回来后又在院坝时敬天神,最后去灶房敬灶神。我们神情严肃,作揖磕头,感谢他们的恩赐:今年我们丰收了;祈求他们的恩惠:保佑我们明年再获丰收吧。

这些礼数都做完了,一家人这才围坐一处,品尝我们收获的粮食是怎样的醉人心田。

这是多么美好的米饭啊。

这是我们的节日。

放鸭子

入冬不久,不知是哪一天,忽然听见村后山岭上响起一大片鸭子的叫声。我们知道,外乡人又来我们村放鸭了。

那时,村里人只养鸡,鸭子这东西是难得一见的。一群孩子连忙朝岭上跑,去看热闹。呵,这么多鸭子,五六百只,也许是一千只吧,挨挨挤挤,摇摇摆摆,像一片起伏着的波浪,在路上流着。三四个放鸭人,手里都举着一根长长的竹竿,有的在前面引路,有的在后面吆喝。

这个时节,稻谷早收完了,村里很多稻田空着,只满满地蓄着水——我们村在山上,十年九旱,囤水,有备无患嘛——外乡人把鸭子赶进这些水田,由它们自找吃食,这就叫"放鸭"了。

水里有吃的吗?多着呢,遗失的一束稻谷,两个红苕,三个萝卜头,还有鱼虾和各式各样的虫子。有的浮在水中,有的沉在水底,有的藏在泥里。

鸭子们一头扎进水里(屁股朝上撅着),拿扁扁的嘴在水里捞,不久就叼出一个什么,昂起脖子往下咽。咽下去了,又埋头用嘴去捞。——我们在田边盯着看,觉得很稀奇。我们养过的家畜中,从来没有这样吃食的。

鸭子们从田这头吃到那头,又从那头吃回来,最后,大约没啥可吃了,都扬着脖子望,嘎嘎地叫成一片。放鸭人这时将手里的竹竿一扬,鸭子们就得了令,乍着翅膀向另一个水田扑去。那行进的队伍像一条流水,从田埂上漫过,又流过草坪,最后只听"哗"的一声,都流进另一个水田了。

放鸭人手里随时握着一根竹竿,一丈多长,梢头上装了一个铁制的小勺子,如果鸭子不听话乱跑,他们就把长长的竹竿伸进水田,挖起一勺泥,举起来一甩,那泥就如子弹飞过去,正好打在鸭子身边,激起很多水花,鸭子就怕了,乖乖听命。竹竿是放鸭人的指挥棒。

天将黑的时候,放鸭人准备歇宿。他们去背风的山湾里选一块平坦的空地,把一大捆竹子编成的活动栅栏展开(他们从老家出发时就带着的,走到哪带到哪),围一个大大的圈,这就是鸭子们的宿营地了,叫鸭圈。鸭圈旁边是两个棚子,放鸭人晚上就在里面睡觉(也是从老家挑来的)。这棚子可以自由伸缩,搬迁时收起来,可一人挑走,住宿时拉开,可睡三四人。

他们一路挑着大大小小五六个担子,除了棚子之外,还有被子、换洗的衣服,锅碗、瓢盆等一应用具。要做饭了，就从担子里搬出锅灶。至于米面、蔬菜和木柴，他们用鸭蛋跟当地人换，走一路换一路。他们吃的是百家粮。

他们的担子里有很多鸭蛋。那些鸭子在圈里歇一晚上，第二天早上起来一看，地上是星星点点的白，都是鸭蛋，捡来一数，上百个。每天如此。一日一日积下的鸭蛋，换了米面、蔬菜和木柴，还余下很多，就卖，也是一路走一路卖。

通常，他们要在我们村里待上两三天。他们一走，我们村里到处是鸭粪。此外，家家有了鸭蛋——是用米面换回来的。

翻过年来，天气渐渐暖和，是孵小鸡的时候了，人们就把鸭蛋放进鸡窝里，让母鸡顺便把小鸭也孵出来。小鸡和小鸭出世了，母鸡带着它们在房前屋后觅食。渐渐的，小鸭的长相和习性与小鸡有了不同，母鸡觉出了异样，常常用疑惑的眼神看着它们。再过些日子，小鸭到水田浮水去了，母鸡却有些着急，在田边跑来跑去，咕咕叫。

我们村的人也养起了鸭子。

我们的游戏

那时候，读书、割草、放牛之余，我们还有很多剩余时间。八九岁的孩子，要那么多时间干啥，得处理掉。不把多余的时间处理掉，我们就坐不住，睡不着。我们随时准备着，跳绳、抛子、斗鸡、跳房子、射弹弓、滚铁环、在路上挖陷阱、把牛当马骑在山上打仗……一句话，疯玩。

但那时也就这么几种游戏，很快就玩腻了。玩腻了就没多大兴趣了。但是，没玩的也得玩。如果不玩，那我们干什么呢？

我们就玩泥，把泥揉熟，做成各式各样的动物，也可以捏成人的样子，或者搭一座泥的房屋。我们把泥捏在手里或是揣在衣兜里，走到哪带到哪，随时拿出来捏一个什么东西。也玩水，雨天的时候，我们跑到野地去，用锄头在地上挖出弯弯曲曲的小沟,把流动的水这里引那里导,故意让它们拐很多弯,让它们流不顺畅。有时,我们还把山上某条堰沟用泥石堵住,等水灌满一塘的时候,再将堰埂一下子挖开,引发一场局部的山洪。看洪水滚滚而下,四处横流,我们大呼小叫,乐不可支。

比赛爬树,看谁爬得高爬得快。抛石子,看谁抛的个数多。打弹弓,看谁把石子射得远。还跟猫狗玩,这个我好像写过,就不说了。

我们还在床上玩。有几回,趁大人不在的时候,我把邻居二娃带到家里,爬上父亲睡的那张床——他那张床大,适合做舞台——我们把床单拉直,将其两角拴在床架上,这就是我们设想中的幕布——幕布拉起来了,父亲的床就成了舞台,我们煞有介事地表演开来,一阵"台"前,一阵"幕"后。我们演的是抓鬼子(从电影里学的),也唱歌(就是胡吼乱叫一阵)、跳舞(不过是张牙舞爪地挥挥拳踢踢腿)……

这些都玩腻了,眼见得两手就要闲下来了,我们突发灵感,自创一些游戏来打发我们的童年时光。

我们最早的发明好像是"放炮"。这是受了电影的启发——那时我们经常走十几里夜路跑到外村甚至外乡看电影,看的多是战斗片。回来之后就搞战斗演习,舞着棍棒在村里打打杀杀。为了弄出炮弹爆炸的逼真效果,我们在空地里挖五寸深的沟,再在沟里埋一条结实的棕绳,用土掩了,踏实,然后捏住绳子一端,憋足劲猛地一拉——此时一定有人在旁边配合着,以口技的形式制造爆炸的声响:"轰——轰——哗——!"随之而起的,是烟尘弥漫,土石乱飞,好像真有炸弹爆炸一样。那些扮演敌军的家伙,就顺势倒在地上不出气,身上落满泥土。当然,都是装死。

后来,我们嫌口技模仿炸弹爆炸的声音不真实,决定另想办法。我们最初想的是放几颗鞭炮,但这种东西只有过年那几天才有,平时是找不到的。怎么办呢?不着急,我们又有了新的发明。是丑娃偶然发现的。有一天,他一个人在家里闲着没事,就在院坝里玩唾沫,他说他是这么玩的:先吐一口唾沫在石板上,然后拿一片棉花盖住,再去灶洞里夹一块燃着的火炭放在棉花上烧,烧着的时候,拿斧头一砸,就听"嘭"的一声响,跟炮响差不多。我们照着他的办法一试,果然如此——我们的爆炸声就更加逼真了。

既能"爆炸"又有响声,这种游戏,我们乐此不疲地玩了好些年。

那些年里,村子让我们弄得乌烟瘴气的。

还玩过别的什么没有?记不得了。

我的手工

编织

大约是读四年级的时候,村里的女孩子忽然热衷于用白线织领衬。领衬,缝在衣领内层隔汗的。

此前,村里从来没人这样摩登过。但是那一年,从城里来的知青在他们的衣领上缝了这样的白衬条,显得与众不同。村里的女孩子率先模仿,也要在自己的衣领上缝一个。但知青是在城里商店买的,雪白,很好看,她们没钱,本地商店也不卖这个,她们就自己动手织。

她们身上随时带着竹针和白线,有空就织。她们除了给自己织,还给她们的哥哥和弟弟织。后来,村里所有跟我年纪差不多的男生都有了白领衬。他们耀武扬威。他们有的还拖着鼻涕,可是衣领居然那样白。

我很羡慕,但妹妹们还小,织不来这种东西。我就自己编织。

我找村里的女孩子当老师,她们教我怎么起针、翻针。一开始,几根细细的竹针弄得我满头大汗,但很快就能熟练地使用了,织出了第一条领衬。当我把它缝上衣领时,觉得脖子四周好像在发光。我故意把衣领敞得很开,从人们面前走过。村里的男生都知道我的衬领是我自己织的。

为熟练技巧，我织了第二条，又织了第三条。这时，我对编织产生了浓厚的兴趣。我把竹针和线揣在衣服口袋，一有空就坐在地上织起来。后来，我不织领衬了，学织毛衣。我暗中有点野心，打算成为一个编织方面的能手。我从袖口织起。我埋着头两手不闲，别的什么都不关心。我觉得我不像个男子汉，有点像个女孩了。

后来的情况是这样的：我织好一个衣袖就没有线了，计划中的衣服织不下去。而这时，风气也在转眼之间发生了变化，村里的孩子们对领衬失去了兴趣，连女孩子也不热心这个了。所有人转而对生长在树藤上的海金沙有了兴趣。海金沙是一种药材，可以卖钱。他们都到山上采海金沙去了。

我不织了，扔下半只衣袖也到山上采药去了。

做了一架木车

好像是九岁那年夏天，我忽然异想天开，要做一架小木车，用它来运送牛草。

为什么要做一架车，现在说不清了。大约是成天跟猫狗猪牛厮混，有些烦，想换一换玩法罢了。那年我们家正好请了木匠来修猪圈，斧锯都有，木板、钉子也有，正好利用。那时，我还没有走出过村子，村里也还没有来过车，我连拖拉机也没见过，车的形状是从连环画上看到的。我估摸加想象，费了三天的工夫做了一架木车。

我给它装了四个小木轮，车厢两边各二。车轮由两根轴相连。车厢很简单，就是一张木板搁在车架上，用钉子钉牢。用一根绳子在前边牵引，木车就吱吱嘎嘎滚动起来，跟着我走。

我牵着它，去地里拉牛草。草是我在屋边油菜地里扯的麦草，堆在田坎上。以前，我都是用背篓背，现在就用车拉了。田坎很宽，木车的宽度仅一尺多，足够。车小，路也不平，颠簸得厉害，一路走一路掉草，运到牛圈门口，只剩下一半。又回头去拉。不过没关系，用车拉，那感觉好。

31

闲散的时光

后来,这车我玩厌了,给了弟弟。再后来就散架了,当了柴烧。

编扇子

一个外地篾匠来给二狗他们家编席子,我们放学回来就跑去看。地上有很多废弃的竹篾,有的是青篾,有的是黄篾。都是裁边切角剩下的,用不上了。我就捡了一大把,拿回来编扇子。

我能编扇子,是陈仕兵教的。他比我大五岁,小学没毕业就不读书了,跟人学习编篾。他刚学会编撮箕和背篼,见谁都想露一手。我放学从他家院坝边路过,他招手让我过去看他编篾。看着看着我手痒了,他就教我。他那时正在学习编扇子,也就教我这个。

编扇子其实很简单,看一阵就会。比较费事的是套花,要左右对称,要有好看的花形。套花,一把扇子的样式一开始就要装在胸中,手艺相当熟的人才能干。我编的是素面的,没有套过花。

扇面编好,找几根硬些的竹篾装上扇把和扇骨,一把扇子就编成了。每编一把扇子,我要在扇面上用水笔写几句话:"六月天气热,扇儿离不得……"再署上我的名字,落上日期。往后,走到哪就带到哪,一有热的气象,就拿出来不住地摇。

但是,我编了四五把扇子就懒得再编了,因为,我发现我编的扇子到底不如街上买的好,弟弟不爱用,妹妹们也不喜欢,我就没了兴趣。

做弹弓

在一根树杈上绑一根橡皮,就是一个弹弓了。

这是我们男生的玩具。一手握弹弓,一手用力把含了石子的橡皮往后拉,然后突然放手,石子就子弹一样射出去,在空中飞,飞,"当"的一声,射中了一个什么。这时,心里很有些英武的感觉。

我们经常手拿弹弓站成一排比武。比谁射得远,射得准。射一棵树,射一块石头。还试图射天上的鸟。

也比谁的弹弓好。我们的标准是,样子好看,又把石头射得远的,就是好的了。

我做过十几个弹弓。树杈都是黑桃木的。这是一种杂树,皮黑,硬度大,韧性好。在山上放牛割草时,看到有分叉很好的黑桃子树,就砍回来,阴干,到时好派用场。一段时间,家里到处是这种黑色的树杈。

倒是橡皮不好找。班里有个同学悄悄跟我搞交换,他给我弄橡皮,我把作业给他抄。他给我送过四条橡皮。

扎毽子

我小时很能踢毽子,原地不动,踢一百多个不在话下。

不是我有多行,别的男生也差不多。我说过,那时没什么可玩,凡是女孩子玩的游戏,我们男生也会玩。踢毽子就是这样。

但是,要自己有毽子才行,不然,别人就瞧不起你,说你只知道踢,连个毽子都扎不起。

一枚铜钱,用布蒙上,缝好,再在中间扎一个插鸡毛的鸡翎子,一个毽子就出来了。我扎过很多毽子,恐怕有二十几个吧。

过年,或者平时家里来了客人,父亲要杀公鸡,我们先就捉住它,扯了它的鸡毛。毽子好看不好看,鸡毛的成色最要紧。当然是大红的最好。

有一个好看的毽子,不愁没人跟你玩。

我的衣袋里常常揣着一枚毽子。别的男生也这样。女孩子就更不消说了。

闲散的时光

睡在铺天盖地的阳光里

到了冬天,里里外外的活都忙完了,人们很多时候闲着没事,抱着手在村里走来走去。

大人都这样了,我们就更有理由偷懒。早上,外面的池塘上结着冰,我和弟弟赖在床上不起来,蜷身缩在被窝里,一人留一个耳朵在外边听动静。有人挑着水桶从我们院坝边匆匆走过,嚓嚓嚓;有人在冰冻的田坎上走着,忽然摔了一跤,呵呀呀地乱叫。我们大笑一阵,然后你蹬我的屁股,我挠你的痒,像两只小猪在被子里拱来拱去。直闹到太阳升起老高,大人拿着家伙来掀被子的时候,才说起床干活的话。

在热乎乎的被窝里懒着,那些冬天的早晨真是温暖啊。

午时,坐在屋边的草堆里晒太阳,是挺有趣的事。那时的冬天,经常有亮汪汪的太阳挂在天空。天上干净得连一丝云彩也没有,五彩缤纷的阳光晃得人睁不开眼,眯着。村庄的每一块地方都亮得透明,太阳把什么都晒得暖烘烘的,这时去屋边的草堆里躺着晒太阳,真是舒服得很。草是稻草,用手一摸,呵,热得快着火了。你去的时候,早有人舒舒服服地歪在那儿晒起来了。还有,猫也在那儿,狗也在那儿,它们安逸得伸着懒腰。在你之后，还有人也陆陆续续来了，扎鞋的三婶，打毛衣的二姐，编篾的大爹……坐着，睡着，斜倚着，一大片。有人有一搭没一搭说话，有人眯了眼假寐，有人拿草在猫鼻子上撩来撩去，弄得它打了两个喷嚏……

这时的阳光，一汪一汪的，瀑布一般倾泻下来，淹没了一切。你躺着躺着就睡过去了。

睡在铺天盖地的阳光里。真是温暖啊。

晒太阳

闲时，我们喜欢晒晒太阳。

早春时节，地里没多少活。虽然天气还冷，但太阳是一天一天暖起来了，我们就坐在院坝里晒一晒，取暖。

那些杂碎活，比如女人扎鞋、补衣服、在鞋垫上绣花，男人编篾、箍桶、搓棕绳，都在这时拿出来，一边晒着一边做。一边干活，一边晒太阳（周身给晒得热乎乎的），一边跟邻家的人说闲话（男人偶尔说点黄段子，引出一片笑），那感觉就跟神仙差不多了。有时，女人们会另外围成一堆，一会儿咬着耳朵说悄悄话，一会儿笑得东倒西歪，叽叽喳喳，嘻嘻哈哈，把村子弄出一些生动的活气。没事的人在一边闲看，觉得是挺有意思的事。

也有歪在屋边草堆里晒的，不过这是一些不干事的孩子，纯粹只是晒，晒着晒着就睡过去了。这时，他们身边总有几只猫狗，也歪在草堆里眯了眼晒着。

我们还把小麦、谷子，在堂屋存得太久的稻草，收在箱子里半年的衣服，以及别的一些东西，也弄出来晒一晒。

有时候，连着下了十天半月的雨，室内潮气重，晚上睡觉，被子盖在身上有点黏，这天太阳出来了，家家都把被子、枕头、枕巾、床单和衣服、裤子、鞋、帽、袜，都搬出来晒。村里到处花花绿绿的，十分热闹。

有人说："硬是想把屋子搬到太阳坝里晒一晒。"遗憾的是，屋子是没人搬得动的。

冬天，不用说了，更是晒太阳的好时候。冬天多闲时，袖着手，坐在那儿晒吧。人坐在那儿，看着地上的树影从左边转到脚下，又从脚下转到右边，默无声息之中，只有光与影在动着，那感觉就有点恍惚。一恍惚，往往忘了时间，一晒就是半天。

爱晒太阳的不只是人，鸡鸭猫狗也是喜欢的。我们坐在院坝里晒着的时候，猫狗鸡鸭们总在旁边陪着。说陪并不准确，它们本来就是爱晒太阳的。猫在人的脚跟下偎着，眯了眼，首尾相接，把身子蜷成一团。狗在两三丈远的地方卧着，把两个前爪铺在地上当垫子，嘴搁在上面；有人来了，只拿眼睛瞄一下，却懒得起身。鸡们在更远一点的菜地边卧着，它们在泥地刨一个窝，蹲在里面，也眯着眼——看那样子，舒服得很。

在冬季，有那么一两天，我们的院坝里晒满了稻草。这时人就不晒了，要晒也得换个地方。鸡狗们也要走开。草是牛的冬粮，从秋天收回来就堆在堂屋里，时间够长了，要翻开晒一晒，不然有些草会生霉。太阳下，一种干爽的气息渐渐在房前屋后弥漫开来。隐约中，能闻到稻草的清香。

更多的时候是粮食们在院坝里晒着。小麦、稻谷、豌豆、胡豆、苞谷、油菜、花生、向日葵、黄豆、大豆……它们轮流上场。金黄，乌黑，雪白，铺满一地的色彩。粮食们晒太阳，我们总要守着，不然，在远处窥视的鸡鸭要来捣乱的。

刚摘回的棉花要晒。新做的豆瓣要晒。过冬的猪草也要晒。有晒药材的，有晒木料的……有一年，我在院坝里晒了一地书。我有一些书，《红楼梦》《三国演义》，鲁迅的小说，孙犁的读书记，还有契诃夫的，屠格涅夫的，我把它们放在木柜里两三年了，潮了，还生了虫，要晒一晒才行。我记得，那是十月，院坝里长着浅草，我把书一本一本排开，放在草上，让太阳晒。我家被一种旧书的气息笼罩着。有人路过我家院坝，停下来，把肩上的锄头放下，东看西看。他们觉得稀奇。他们从来没见过在院坝里晒书的。

烤火

冬天还有一事值得一说，就是烤火。

冬天的寒冷是一天一天加剧的，到了冷风刺骨，开始穿棉袄的时候，家家的火塘也就烧起来了。

一家老小都能得空坐下来烤火，通常是在晚上。冬日夜长，不好睡得太早。一家人坐在一起，一边烤火一边摆龙门阵，那是很好的混时间的方法。一般来说，天还没黑，各家的火塘就开始爨火了。那时候，村里到处柴烟弥漫。过一会儿，估计是人们收工往回走的时候，火塘里已经旺旺地燃了起来。带着满身寒气从外面回来的人刚一进门，一看那满塘亮晶晶的火，身上顿时觉得暖洋洋的。

大人孩子都回家了，火塘四周很快坐满了人。因为要烤到深夜才睡，所以火塘里的柴是树疙兜和硬杂木一类，经得住烧，火也会越燃越旺。

这样的夜晚是颇多趣味的。火塘上吊着一个铁罐，火舌舔着罐底，罐里卟噜卟噜响个不停，里面正煮着一家人的晚餐——要么是萝卜炖猪肉，要么是红薯熬稀饭——香气从盖子上的气眼里喷出来，溢得满屋都是。而男人们，有的扯开衣服烤胸膛；有的把冻僵的脚从鞋里抽出来摆在火塘边，烤得冒出一股股白气；老人则托着一根长长的烟杆那头斜搁在三四尺远的火沿石上，这头咬在嘴里，吧嗒吧嗒抽烟；孩子们则一边把手和脚翻来翻去烤，一边听着灶屋的响动，一心等着吃饭——母亲正在灶屋炒菜，油香把人的口水都引出来了。

不久，吃着热气腾腾的饭菜，烤着熊熊的柴火，一圈人个个红光满面，热汗淋漓，仿佛是到了夏天一样。

晚饭之后，邻居就有人来串门，先是一个，不久又来一个，于是火塘边的人圈扩大了些，你挤我挨地坐着，更热闹，也更暖和。

人们你一言我一语，几段故事，一个笑话，两个龙门阵，讲的过瘾，听的来劲，弄出一屋子朗朗笑声……在静夜里,柴火的光断续地闪烁,角落的暗处偶尔有一瞬的明亮。在木头燃烧出来的气息里,这样的笑声和氛围,让人感到熟悉,又觉得陌生。

那些温暖的冬夜,你想忘也忘不了。

雨天

倘是冬日,又逢下雨,那么好,人们巴不得的样子,在家里待着,整天不出门,甚至是两天三天地闲着——他们干啥呢?围着火塘烤火。

这时节是串门的好时候,村中男女都要趁机东家走走,西家看看,你来我往的,最后就聚在一起了。来到哪家,哪家就把火塘烧得旺旺的,四周还要准备足够多的木柴,估计是烧一天也烧不完的样子。

一圈人围在火塘四周,说话笑谈,很热闹。女人们照例是干些针线活,扎鞋呀,补衣服呀,搓麻线呀,织毛衣呀,反正手头不闲。她们边做边说,叽里哇啦,嘻嘻哈哈,还东看西望的,什么事都收在眼里,几处不误。男人们则没事可干,喝茶,抽烟,谈天,说地,一会儿说到眼前事,一会儿扯到万里之遥。孩子们一阵在烤火,一阵又说身上热得出汗,要出去走走,在外面耍冷了,嘴里嘶哩哈啦地吸着气,又回到火塘边……

外面风一阵雨一阵的,屋内却是温暖如春。

其他时候的雨天,比如春日或秋天,雨不大也不小,天气不冷也不热,这时当然不在火塘边待着了,也不去地里干活,而是在家中找些事做一做。大事是没有的,都是平时顾不上的杂事、小事,却多似牛毛。对男人来说,就是磨刀,箍桶,编撮箕,编背篼,打草鞋——那时村中的男人是爱穿草鞋的。或者,把乱堆乱放的东西重新归整归整,拿斧子把什么地方敲打几下,拿锯子把哪儿弄一弄……对女人来说,不外乎是洗洗衣,涮涮鞋,扫扫地……跟田地里的事比,这些简直算不上什么,就当是休息一样,耍着耍着就干好了。

微笑的苹果

任宪生作品

只是，孩子上学去了，各家就几个大人在家，这日子有些寂寞。房前屋后连个人影也没有，干活的人都无声无息。鸡在屋檐下蹲着，不去雨地里刨食了；猪牛在圈里卧着，哼都不哼——少了孩子们的说笑，少了鸡刨猪拱，就少了很多热闹，也少了很多喜兴。

这样的雨天，是寂寞中的闲散，或者，是闲散中的寂寞。

过年那几天

在我们村，"过年"是从大年三十吃午饭开始的。

这顿饭自然是一年中最为丰盛、最为重要的一餐，满满一大桌，应有尽有，饭前还要放几串鞭炮，祭天祭地祭祖先，那意思是：我们过年了，有这样丰盛的餐饭，感谢上苍、感谢先祖啊。

席间，男女老少都要喝酒，多少不论，量大的多喝，量小的少喝。到席终，人人脸上都泛着桃色。这桃色是三分醉酒、七分喜兴调兑而成。

饭后就什么都不干了，安安心心耍起来，一直耍到正月初七八，才说下地干活的话。

怎么耍呢，男人是串门找人说话，或者赌牌，一番牌的赌资可以是一根烟，也可以是一角钱，不为别的，图的是叔伯兄弟在一起热闹热闹。年节里，就是玩牌也有人管吃管喝，瓜果呀，甜酒呀，汤圆呀，到时就给你端上来了。当然，还有热旺旺的一盆火放在旁边，保你冻不着。

年纪相仿的老人们，几个邀约在一起，村前村后到处乱走，看看祖先的坟墓，逛逛田坝，一路走一路说话。虽然在一村住着，平时并没机会像这样走一走，现在逢年过节，在一起走走就是一种幸福。

女人们照例是三个一群五个一伙，聚在某人家中，手里做着针线活，嘴里说着闲话——闲也不闲，说的是这年节中家里有什么客人要来，备办哪些饮食，哪些人户要走,该送什么礼物……

最觉得好耍的是孩子们,新衣要初一才穿,现在还是平常的穿戴,玩泥玩水,满村打闹,只要不弄得头破血流,都由他们去,大人懒得管。家里火塘的火烧得旺得很,可孩子们偏喜欢在野外爨火烤,一会儿这里冒一股白烟,一会儿那里窜起一股火苗……

到初一,孩子们老早就被大人催着起床,穿好新衣裤新鞋帽,让大人或兄长领着,去给亲族中的长辈拜年。拜年是好玩的事,平时多么严肃的也和颜悦色了,笑着给你抓一兜瓜子,还有甘蔗、核桃、米花糖、苞谷泡,等等。饭后,孩子们又是玩,大人们也玩。大人也好,小孩也好,玩累了就歇,歇一阵就吃吃喝喝。之后又接着玩。

初二,每家的大人孩子都想着走亲戚的事了。四山五岭,到处是一队队穿着鲜艳的人在路上走,有的往东,有的朝南,从早到晚不断线。在路上走着的人,想着外婆、姑姑、姨娘或表哥表妹等人在前面某座房屋下张望的情景,心里都怀着兴奋和欣喜……一队人马到了一家人的房前,就听见鞭炮先噼噼啪啪响起来,然后是一只狗亲热的叫声,跟着是一群人趋步而出,大呼小叫着迎进屋去……

秋天的几个细节

稻草

　　把稻谷搬进仓的时候,稻草也跟着进了我们的院子。

　　稻谷是稻草养大的。养大了稻谷,青青的稻草变成了黄黄的干草,就像村里的女人,养大了儿女,自己也老了。现在稻谷熟了,仿佛长大的女儿嫁进别人院子,它们不放心,就跟着来了。

　　成熟的稻谷体态丰腴,胸脯饱满,正如朴素而健美的女子。要是我们养出了这样的女儿,也不放心,她走到哪儿,我们也会跟到哪儿。

　　稻草来到我们院里,我们当然要好好待她们。我们在房前屋后选一些好树,让她们坐在那儿晒太阳。——你不知道,在秋天晒晒太阳,那是多么美好的享受啊。

　　村里到处坐着晒太阳的稻草垛。像我们村里的老人,神态安详地坐在秋日的阳光里。

　　安顿好稻草,我们就提着篮子、拿着镰刀上坡去了。地里还有一些零星的活儿在等着我们。我们没空守候这个家。

　　替我们守望家门和稻谷的,是猫和狗,还有坐在房前屋后的稻草垛。

　　我们在田坝里忙这忙那,偶尔想起什么,抬头朝村里一望,看见屋边坐着一垛又一垛金黄的稻草,我们就很放心,低头继续干活。

那是留给鸟的

柿子熟了,这天下午我去收柿子。

柿子树就在屋边。我背着背篓,扛上梯子,还拿一根竹竿,几步就到了。

我把梯子搭在树上,往上爬。一回头,见一群孩子赛跑一样朝这边奔过来。这些家伙,自从柿子红了,每次路过这里都仰头望,想吃,想得口水都出来了,可柿子偏偏不往下掉。现在看我要上树了,柿子要下地了,他们就都来了。一个一个兴奋得脸上绯红,像柿子。

我对他们说,我在树上摘,有掉下来的,你们帮着捡好,完了给你们一人分十个。"十个够了吧?"他们一齐答:"够了。"都很高兴。

我爬上树。几场秋风一吹,树叶差不多掉光了,就剩红亮亮的柿子挂在枝头,像挂着红灯笼——满树的红灯笼。

我一手抱树,一手摘柿子,摘了就放进背篓里。手够不上的地方,就用竹竿敲,柿子落下去,掉在一块空地里,下面的孩子抢着捡。地是刚刚翻耕过的,泥土松软,柿子不会摔坏。

"放在哪里?"他们都把自己捡的柿子举着,仰头问我。

我看他们喉咙那儿动上动下的,就说:"你们吃嘛,一人先吃两个。"

他们你看我,我看你。有一个把舌头伸出来在嘴角舔了舔,还有一个开始流口水了。但是有个孩子说:"我现在不吃,等会儿吃。"于是那舌头伸出的又缩回嘴里,流口水的也把嘴闭住,都跟着说:"我也等会儿吃。"

"看我……"我坐在树杈上,剥开一个柿子吃起来,"你们都吃,一人吃两个。"

他们就都吃起来,吧嗒吧嗒响。"好甜哟,蜜蜜甜。"一个孩子笑起来,其他的也跟着笑……

太阳落山的时候,树上的柿子差不多都摘了,只是树梢上有七八个弄不下来。我拿竹竿敲,竹竿够不上。抱着树摇,它们在枝头上一晃一荡的,就是不掉。我没办法,问下面的孩子,他们叽叽喳喳,有的说这样,有的说那样,一个说:"不要了,把它们留在树上,留给鸟,鸟还要吃。"这时候正有几只鸟在周围飞上飞下。我说:"好,留给鸟。"就下了树。

下地一看,他们把落在地上的柿子都捡到了一块,好大一堆。我夸奖他们一番,然后给他们分柿子,一人十个。他们都高兴得忍不住想跳,但怀里抱着柿子,没敢跳。最后,我给那个孩子另加了十个,他说把剩下的柿子留给鸟,他说得好,所以我要给他另加十个。

我仰头朝树上望,那几颗柿子挂在枝头上,明晃晃地亮人眼睛。

"那是留给鸟的。"我对孩子们说。他们看看我,又看看树上的柿子,笑起来:"晓得,那是留给鸟的。"他们心满意足地回家去了。

打一个盹

一只狗从面前跑过,"汪"地叫一声,忽然把我弄醒了。我睁开眼,东看看,西看看,才知道我坐在门槛上睡着了。我是吃过午饭坐在这里的,说是坐坐就上坡的,怎么坐着坐着就傍着门柱睡着了?我站起来,扭了两下腰,摸摸后脑勺⋯⋯

怎么这样安静?一点声音都没有。我进屋去走了一圈,发现家里没一个人,都上坡了。真是,走的时候也不喊一声,把我一个人丢在门槛上睡觉。不过也好,前段时间又是割谷又是碾场,白天晚上连着干,太累了,现在地里也没活,让我歇歇也行。

现在做点啥呢?我从屋里出来,站在屋檐下东看西看。看来看去没看出什么,好像没事干。可是没事干咋行?总得干点什么。又去屋里转圈子,找事,好像事情藏在哪儿,不找它就不会出来。但是转了几圈,只看见堂屋地上掉了几个苞谷,我把它们捡起来放好,又看见灶房里一个竹筛倒在地上,我把它挂上墙,然后,然后就再没找到什么事。

忽然就没事了? 我搓了两下手,又跑到院坝里看。猫在院坝边樟树下洗脸,把爪子舔了又舔,然后拿到脸上抹来抹去,半天不停。一群鸡在猪圈那边的空地里乱刨,那只公鸡不自觉,又要往母鸡身上爬……

没意思。我关好门,扛着锄头往田坝走。

田坝里是空的。稻子都收了,红苕也挖了,地里什么也没有了。

我一边走一边东看西看。一只鸟在地上啄住一个什么,扇着翅膀飞走了。一条牛在地边吃草,草有些枯了,它在那儿挑挑拣拣。一片叶子从树上掉下来,一飘一飘的……

我突然发现,田坝里一个人也没有,就我一个。我停住脚站在那儿张望。那只鸟已经飞走了,那片树叶也落下地了,只有那头牛还在那儿找草吃。的确看不见一个人。只是我一个人扛着锄头站在田坝里。

我忽然觉得这个村子是空的。

人都到哪儿去了?

我转身往回走。我回村里去看看,看人是不是都在村里。

我一边走,一边望天。天好高呀。

太阳底下

一个人和一头牛

这是秋日的某一天,中午时分。太阳悬在村子上空,静静地,好久没动。

村子泡在阳光里,默然无声。仿佛睡着了。

在村西的田坝里,一头牛立在一片草地上,眯着眼,竖着耳,像块黑石头,呆呆地不动。好像是,它在听四周的寂静。

在它面前,一个人在草地上睡着了。那是它的主人。

草地边,是一块刚刚翻耕过的土地。金子般的光点在新鲜的泥土里闪烁着流动。

潮润的泥土里,有淡白的地气袅袅飘散而出。草地上空弥漫着泥土的气息。

那头牛站在太阳底下,静静地看着地下的人。

他发出微微的鼾声。

他的一只胳膊枕在脑后,另一只随意伸在草地,手心向上,几片绿草从他指缝间探出头来。

一个影子在草地上飘过。牛抬了抬头,看见天空飞过一只鸟。那鸟已经飞去很远了，没有留下声音。

牛低下头，在草地上嗅。

鼻尖触到一个东西。它看了看，是一只脚。是他的。脚尖向上。

这脚刚从泥土里出来。指头上黏着泥。泥上黏着阳光。

牛看着那只脚。那脚纹丝不动，也睡着了。

牛伸出舌头，挨近它，轻轻舔了一下。

又舔了一下。

一片湿润印在那只脚上。

望着远处的村庄，牛的嘴慢慢蠕动。

太阳依然悬在天空那个位置。

牛把尾巴晃了一下。它开始往前走。蹄子轻轻提起来，落在地上没有声音。

走到跟他并排的时候，它停下来。

它把身子慢慢低下去，低下去……它也在草地里卧下了，卧在他身边。

他们睡在刚刚翻耕过的土地边。

新翻的土地里，金子般的阳光闪烁着流淌。

太阳暖暖的，悬在空中。

到处是寂静。

晒场

阳光大片大片飘下来，落在树枝、瓦房和村道上。房舍之间的空地，院坝边的斜坡，通往田野的大路……到处是铺天盖地的阳光。

村里所有的晒场都铺满稻谷。稻谷上是厚厚的阳光。那么多的阳光，一汪一汪的，积在谷粒之间的缝隙，满溢了，流动着，明亮地闪烁。

村里不见一个人影。他们都去村外的田野忙活去了。有翻耕泥土的沙沙声，隐约传来。

晒场在一片静寂里辉煌。

晒场边,几只鸡在张望。晒场有这么多稻谷,它们不想去别的地方觅食了,站在那里动着什么心思。但是,一只狗卧在不远处的树阴下,守着晒场,鸡们不敢轻举妄动,就伏在地上打盹。

晒场另一边,一棵树上歇着几只鸟,久久不愿离去。跟鸡一样,它们也在动着什么心思。但狗在那里守着。鸟们悄然无语,只用稻籽的金黄,一遍又一遍,洗自己的眼睛。

不知何时,一只鸟想变换一种姿势,动了动,惊醒了一片树叶。那树叶慢悠悠飘下来,落在晒场。鸡们都抬起头,朝晒场这边望。狗赶紧起身,往晒场走。它把满地金黄中的一点苍翠看了很久。那片树叶伏在地上,一动不动。狗就退了回去,仍在树阴下卧着。

枝上的鸟屏息敛声。

鸡们依然打盹。

田野那边,种子落入泥土的声音依稀可辨。

种田的父亲

微 笑 的 苹 果

种田的父亲

一

吃早饭时,大阳已挂了很高,牛卧在圈里,半闭了眼,嘴中蠕蠕地嚼。孩子坐在门口,捧着小碗忙碌着,无声无息。疲乏的男人们,歪在院中木椅上,目光虚虚地看远处的山影。——村庄有些累了。

而此时,静寂的田地之间,一个人走来走去,把村庄走得有些晃动了。这人便是父亲。

父亲端一只大碗,一边扒饭一边在田野走,他光着脚,裤腿卷得很高。在一方水田边缘,他站住了。田里育着稻秧,一片荡漾的绿在亮丽的阳光里闪烁。父亲蹲下去,看水的深浅,抚摸一些禾苗,跟它们说些什么。这时,太阳照在背后,将他的身子放大,推成远景,印在那片起伏的绿波之上,如一幅巨大的画。父亲离去,田埂上留着一堆新鲜的脚印。

父亲端着碗去岭那边看麦子。半路,谁家的狗也跟了去。父亲看见,肥硕的麦穗在灌浆,好些麦秆撑持不住,弯得要倒伏下去了。狗却满地乱窜,碰倒了一些麦子。父亲将它喝开,抛下一些饭食,唤它到远离麦子的地方。

父亲转到油菜地。菜花大都谢了,很多蜜蜂在焦急地飞舞。有几只在他耳边旋着,诉说些什么。

在玉米地,父亲发现一些叶上有了虫子,一些叶子被它们咬伤了。父亲坐在地边,抚着那些叶子,抚了很久,坐了很久。

父亲又去洋芋地……后来,父亲手中的碗空了,他就回家。

屋边的树影短了一截。吃饱的孩子在地上打呼噜。圈里的牛听见父亲回来,倦得连眼皮也懒得眨一下。村庄在暖热的阳光里,恹恹欲睡。

而此时,父亲戴一顶草帽,穿过一片竹林,又往后山去了。他在路上走,走得村庄有些晃动。

二

正午的时候,像看什么热闹似的,所有的阳光都拥到我们村里来了。树枝上、草尖上、蝉翼上、甲壳虫背上,到处都挤满阳光。一些没有立足之地的,在蛛丝上悬着飘来荡去。路边的草都蔫头蔫脑,像被很多脚踩过似的。不见风的影子,或许都被阳光灼伤,逃到别处去了。村里的人都坐在屋里不住地摇扇。狗卧在屋檐下,把热得发红的舌头长长地拖出来,凉着。

父亲却在这时出门了。他戴着一顶草帽,穿过院坝,朝田坝走去。田里的稻子正在抽穗。父亲去,没别的事要干,只是想在田边走走,看田里还蓄着多少水,稻叶上是不是有虫。父亲觉得坐在家里为稻子们担忧是一件让人着急的事,不如到田坝里看一看。

父亲从屋檐下的阴凉里走进阳光的那一刻,我们看见阳光晃了一下,似乎还有喧哗之声。父亲把阳光弄乱了。

阳光挨挨挤挤占据了村里所有的道路,父亲用他的身子一挤,阳光就乱了,给父亲让出一条路。父亲和他的影子一路走过去,阳光都摇晃着闪到两边。

父亲在田坝里转来转去，一村的阳光都在晃动。村里很多人都听见阳光在喧哗……

父亲从田坝回来的时候，我们看见他满脸是汗。跟那么多阳光挤来挤去，父亲费了很多力气。

三

那天傍晚，父亲从地里回来，连屋也没进，只走到院坝边，把手里的草帽随手往那棵樟树上一挂，就忙着到后山背牛草去了。

干完事回来，父亲没有想起草帽还挂在树上。吃过晚饭，父亲闲不住，又找了两样活，一是把堆在柴房的木料重新归整了一下，二是搓了两根棕绳（预备秋天割稻时用）。这些事干完，夜很深了，父亲就打算熄灯睡觉。

父亲洗过手脸，已经上床睡下了，这才忽然记起那顶草帽。父亲翻身下床，开门一看，淡淡的月光里，樟树上挂着一团白——草帽还在那儿。父亲觉得，草帽好像一直在那儿等着他。

这天，父亲做的最后一件事，是把他的草帽从门外收回屋来挂在墙上。

四

该吃早饭的时候，父亲丢下农具和地里没有干完的活，从田坝里往回走。他打算吃过饭再来接着干。

可是刚走不多远，在我们家那块麦地边，父亲停了下来。他看见一团牛粪堆在地上。

每家都养牛，牛粪在村里随处可见。山坡、地头、路边，我们常常碰上。但我们遇

任宪生作品

见牛粪总不大理睬，晃一眼就走了，让它堆在那儿，白白养肥一丛野草。父亲却不，他常常在一堆牛粪跟前停下来。

父亲看见那团牛粪新鲜而湿润，像座小圆塔一样堆在路上。肯定是谁家的牛刚拉下的。父亲蹲下身去。他嗅到一种熟悉的气息。父亲觉得牛粪的气息跟青草的气息差不多。牛粪其实就是青草变成的另外一种样子。

父亲看了看正在地里生长的麦苗，又看看在路上白白闲着的牛粪，他搓了搓手……

我们在家里等了好久，还不见父亲回来，就到田坝去找。我们去那儿的时候，看见那堆牛粪已经不在路上，移到麦田去了。父亲正在地边抚摸一些麦苗。

我们催他快回家吃饭，他却说："你看，麦苗长得多好。"

父亲干活的样子

一

这天,父亲在麦地里除草,累了的时候,想歇一歇,就到地边一棵树下坐着。那是一棵槐树,浓阴匝地,坐在下面歇息,父亲觉得很舒服。

父亲坐在那儿只是坐着,没事可干,他就抠脚上的泥。父亲在地里干活很少穿鞋,多数时候都是赤脚;他经常赤着沾满泥的脚在田地间走动。当他没事可干,比如坐在院坝里或地边歇息的时候,他就抠脚上的泥。

父亲把伸出去的两条腿收回来,将一双沾满泥的脚摆在面前,然后用手把脚背、脚心和脚趾间的泥一小片一小片往下揭。泥土湿润而新鲜,像面皮似的贴着肌肤,轻轻一揭就下来了。

父亲把揭下的泥在手里轻轻捏摸。父亲看见泥土像发酵的面团一样,柔软地摊在他的手掌。一种清凉的感觉传遍他的全身。父亲低头嗅了嗅那团泥。他闻到一种说不出来的气息,好像是麦花的,又好像是稻花的。父亲觉得这气味很好闻,是一种深入肺腑的香。

父亲背倚槐树,手里捏摸着那团泥,眯着眼,目光虚虚地望着面前那一地青青的麦苗。

他的样子像是喝醉了酒。

此时，一个下乡的城里人从我们村里路过，当他从父亲身边经过时，看见五十岁的父亲坐在那儿玩泥，还一脸幸福的样子，城里人就皱皱眉，咳嗽一声，赶紧朝村外走去。

父亲没有理睬他。那个城里人的身影在村里消失的时候，父亲觉得歇得差不多了，起身朝麦地走去。

父亲把那团泥也带进地里。他把它放在一丛麦苗的根部。

父亲接着给麦苗除草。

二

下午，父亲扛着锄正在碾子坝转悠，一个闷雷忽然摔在我们村里，"轰隆"一声，什么东西破裂了一样，雨就倾盆而下。

人们大呼小叫着往家里跑。

满村的鸡狗都飞一般朝屋里奔。

一些鸟淋湿了尾巴，都躲进竹林里了，还在叽叽喳喳叫。

父亲却在田坝没回来。雨淋湿了他的眼睛，他的衣襟和裤脚已经流水成线了，他还在田坝里不回来。

父亲等这场雨等了好久了。早上起来，他仰头看天，说，今天有雨。然后就扛着锄到田坝里等雨去了，一直等到现在。

雨终于来了，可一村人都躲回家去，连一个招呼的人都没有……父亲就留在田坝没回来，他要给雨水引路。

父亲站在稻田边，看雨们像珠玉似的漫天落下，落在稻叶上，又沿着禾叶滑下去，进入泥土。

也有很多雨水在路上徘徊，忽东忽西，不知所措的样子，一些雨水误入田边的鼠洞,一些莽莽撞撞奔向田坝外边的悬崖去了……

父亲提着锄在田坝里跑来跑去,这里筑条堤,那里挖条沟,在缺口处捣几锄,在田角踩几脚。他把迷路的雨水引进稻田……

傍晚,雨过天晴。村里人都走出家门到田坝里看水。稻田里都蓄得满满当当的。蛙声如潮而起。

人们看见,田坝里到处是脚印。人们知道那是村里某个人的脚印,但不知道那些脚印是父亲的。父亲的脚印在有些地方挤得很密,在有些地方一迈而过。

地上许多脚窝里还盛着一汪水。它们好像还在等着父亲来给它们引路。

可是不见父亲的影子。不知他现在上哪儿去了。

三

一早起来,就见风拿一把凉飕飕的刀在村里呼呼乱刮。这个冬天,村里很多地方被风剃光了,泥土都裸露出来。路边那些石头没了苔藓的衣,保不住暖,冻得僵硬。

父亲站在屋檐下,看村道上瘦骨伶仃的秃树瑟缩而立,又回房穿了一件衣裳,然后扛一把锄,往屋后山地走。

半路上,趁父亲不注意,风从领口把冰凉探进他腹部撩了几下。父亲打了个寒战,赶紧把领口掩住。

父亲是要去后山刨地。那是一块空地,秋天收了红薯就一直空着,准备留到年底种春洋芋的。现在离下种还早,可该干的活都干完了,就这地还没料理,还是把它弄明白了好——父亲是那种活路没料理明白就闲不住的人。

父亲挥锄把地里的泥块捣来捣去的时候,风的刀子在他手上脸上一下一下刮。他还听见风在起落不定的锄叶上刮出金属的响声。父亲抬头看,空旷的山梁上没一个人影,只有他和风。

风在刮他一个人。

父亲的手随锄头用力冲出去又"呼"地落下来的时候,风的刀跟他半握的拳就在空中一撞。他感到一丝疼痛,也感到因为撞击而产生的一丝微热。

父亲没有理睬。如果这微微的热一点一点扩大,波及全身,风的刀迟早是要卷刃的。他有这方面的经验。

父亲不住地挥动锄头。不久,他就感到浑身发热了。热从腋窝从腿弯那儿出发,流到全身每一个地方。

这时,风还在很猛地刮。它们还像先前那样,在很远的地方就瞅准父亲的手脸,呼喊着奔过来,想从父亲身上掠走一些什么。但一撞上父亲热乎乎的手,风就软了,像冰掉在火里。

风的刀刃弄卷了,再也刮不着父亲了。它们只好去刮别的人。但山梁上除了父亲,再没旁人。它们就在远处刮一棵树。

把那棵树刮得俯来仰去的,半天直不起腰。

四

下午,很多风突然跑进我们村。它们从北边进来,在村里荡了一圈,又抢着朝南边跑。眼看要出村了,却又"呼"地折回来。回来了就不再走,在村里横冲直撞。

一些树避让不及,被撞伤了腰,身子一俯一仰地在路边呻吟。

这时父亲背着背篼从南岭下来,往弯田坝家里走。父亲本来是打算去窑沟里背点柴回来,刚走到岭上,风就进了村。风追上父亲,劈头盖脸给他扬了一身沙,弄得睁不开眼。父亲想了想,转身往回走。

父亲走到岭下那片桐树林时,两片干枯的桐叶像被猎枪击中的鸟那样坠落下来,正好掉在他面前。父亲眯眼看了看,它们像两顶旧草帽躺在地上。这是这片林子里的最后两片叶子,现在终于掉了。这么大两片叶子,白扔了可惜,父亲弯腰去捡。

但他刚伸出手,一群风从背后的树林里一拥而上,掠起两片叶子,一溜烟跑了。

微笑的苹果

父亲有点生气，就骂，刚骂一句"狗日的……"，就有很多风赶过来掩他的嘴。

父亲一张嘴，它们就像用力在推一扇只是虚掩的门那样，"霍"地一下都跌进去了。父亲把风关在嘴里，嚼了嚼，然后吐出来……

风们出来的时候，都变了样，是一缕软乎乎的气了。

父亲

光着脚在路上走

他总爱光着身子。每到夏季，天气热起来之后，他就不穿衣服，上半身光着，脊背和膀子都露在外面。也不穿鞋，赤着一双脚。还有，不喜欢长裤，只穿短裤。他就这样半裸着身子，头上顶个草帽，在村里来来去去。

我们说这样不好看，也不像样，来了客人的话，一家人都不好意思。母亲甚至骂了。可他还是不穿，嘿嘿地笑两声，光着脚露着膀子上坡干活去了。

"我怕热。"这是他的理由。

那个季节，天气的确很热。一些树经不住阳光的炙烤，叶子晒蔫了大半。土地也被晒裂了，有的地方破开两指宽的口子。

没有衣服和鞋袜的遮掩，阳光就粘在他的皮肤上，把他的皮肤烤黄了，烤成褐色，最后烤成黑色。到深秋的时候，他变得像一个非洲黑人。

他露在外面的肌肤都是黑的，而额际处，因为有草帽的遮掩，还是本来的白色。当他从地里回来，脱去草帽之后，他面部的颜色看起来有些古怪：上面一圈雪白，下面一大片却如黑炭。好像有人用毛笔在他脸上画了一幅古怪的画。

整个夏天,他的身体一览无余地暴露在我们眼前。突起来的肋骨。乳头。肚脐眼。弯曲的脊柱。腿上的汗毛。脚趾甲里的泥……我们对他身体的熟悉,胜过我们自己。

他光着肩膀把一根刚砍下的树往家里扛。他光着身子在地里除草。他赤着脚在路上走。他脚底下肌肤的纹路印在路上,鲜明而清晰……

跪在地里干活

他喜欢跪在地里干活。也是夏天,在麦田拔草的时候,在苕地翻藤的时候,他看看地上,没有什么妨碍的,身子往下一蹲,两膝一放,就跪下去了——跪在地上干活。

我从小就看见他这样。后来我去外面教书,假期回来,看见他还这样,就对他说:你这样不好,既不卫生,也不雅观。但他不听,还是跪在地上干活。

他的理由是:跟土地挨得近,干活省力。比如除草吧,杂草贴在地上,是那样矮小,一个人高高地站在那儿,是无法干活的,如果把身子矮下去,贴近土地,那就轻松了,容易了。

我是干过多年农活的,我知道,他说得一点不错。

但是,我也明白,这是他的借口。实际上,他因为喜欢泥土才这样。

我曾经写过他玩泥的情景:"父亲把揭下的泥在手里轻轻捏摸。父亲看见泥土像发酵的面团一样,柔软地摊在他的手掌。一种清凉的感觉传遍他的全身。父亲低头嗅了嗅那团泥。他闻到一种说不出来的气息,好像是麦花的,又好像是稻花的。父亲觉得这气味很好闻,是一种深入肺腑的香……他的样子像是喝醉了酒。"没有一点虚构,是我亲眼所见。

在我们村,跪在地里干活的,除了他,再没有第二人。

别人站着干活,留在地上的是脚印。他跪在地上做事,地上留下的是膝盖压出的两串泥窝。

为土地流泪

有一天,我从工作的单位回家,刚到家,父亲一改往常的习惯,把没做完的活放下,从地里回来了,说有事要跟我说。

我们站在院坝边说话。他说着说着,竟然流起泪来。他在我面前哭了。他那时已经五十多岁,在儿子面前哭了。

事情是这样的:因为人口变化,村里刚刚调整过土地,组长陈儒和社长陈贵串通一气,把原属我们家的一块甲等田调到陈儒名下,却把另一家不要的丙等田划到我们家。

这不公平,他很气愤,找他们论理,无奈人家死不认错,硬说"很公平"。"他们这样,明摆着整我的冤枉。"我看得出来,他原本是想把眼泪忍回去的,可是没有忍住,它们悄悄从鼻翼两侧滑落下来。当他意识到他在流泪的时候,他迅速把脸转到一边,不要我看见。

我从来没见他流过泪。

我当即就去找社长陈贵。但是,高傲的社长只打哈哈,陈儒当面撒谎,说他们没有干对不起人的事。我为此跟他们大吵一场。我在外面工作,但我是从这个村子出来的,骂人,甚至打架,我是从小就会的。

不过,这么做并没能解决问题。最终,那块甲等田没有调回来。

事后想来,我那时太年轻,一点也不聪明。父亲在流泪,我气糊涂了。

直到现在,我还觉得愧疚,我没能帮他把那块甲等田要回来。

直到离开人世,父亲一直受着委屈。

任宪生作品

醉了

父亲嗜酒。

那时,在我们村,人们饮酒多用碗,很少用杯子。一碗酒,满桌人轮流喝,甲喝了传给乙,乙喝了传给丙。喝多喝少,自己看着办,量小的轻抿一下,量大的深饮一口。父亲是深饮的人。每回传到他那里,碗里的酒要少去一大截。但是他的酒量不大,一二两就能将他放倒。所以他是每饮辄醉。

平时,因为农活繁多,日子也不好过,他总是一脸苦相。有酒喝,他很高兴,脸上笑眯眯的。喝了酒,如果又有点醉,他就要满村转。到了一个地方,一堆人聚在那里摆龙门阵,他坐下来听,一边听一边插嘴,问一些他没有弄懂的问题。他一身酒气,又多话,有人皱起眉不理,有人却喊他走开,他嘿嘿一笑,侧一下身子,离开一点,继续听,并不离去。

有一年,是六月的某一天下午,我从单位回家,母亲正在骂他,原来这天中午他在邻居家喝多了,结果下午去稻田插秧时,摇摇晃晃站立不稳,一屁股坐在水田里,弄得一身透湿。

背诗经

每次吃完饭,我们要坐在饭桌边歇一歇。先说说家务事,或者讲讲闲话,之后,就那么干坐着,默无声息,养神。这时,我们看见,父亲好像还在说什么,嘴唇不住地动,却不出声;脸上还有生动的表情,或是笑,或是恼。问他在干什么,先是一愣,接着一笑,说没干什么。他经常这样。

他还有一个习惯,爱用手指蘸水在桌上写字。想起什么写什么。有时是一个词,有时是一些句子:公社,阶级斗争,毛主席万岁……有些字他写的是繁体。

他还在门板上写字。是"交牛粪三百斤""收洋芋两千斤"之类。用白色粉笔写的。

不知道他从哪里弄到粉笔的。

一年秋天的晚上,我们一家人在院坝里歇凉,他忽然背起《诗经》中的句子:"关关雎鸠,在河之洲。窈窕淑女,君子好逑……"这是《国风·周南》中的第一篇,一首恋歌。我那时是读过《诗经》的了。我很吃惊。我没有想到,他居然能背诵《诗经》。我这才知道,他小时读过几年私塾,这诗就是那时背下来的,过了五十多年,还没忘。

他生于一九三六年,念私塾当是四十年代的事。

偷

上个世纪七十年代,某年某月,一个没有月光的夜晚,吃过晚饭很久了,父亲和母亲还不睡觉,他们碰着头小声商量什么,然后,父亲带着斧头出门去了。母亲坐在饭桌旁等着。我那时十来岁,往常早就睡了,但这天晚上觉得家里的气氛有些异样,心里隐隐有点不安,也没睡。这时,三脚湾的人都睡了,村里很安静。煤油灯微弱的灯光把我的身影投在墙上。我和母亲在莫名的担忧中等待他早点回家。

过了很长时间,院坝边传来轻微的脚步声和竭力压抑的喘息。母亲赶紧开门出去,之后,父亲和母亲摸黑抬着一根木料进了屋。

他们把木料抬进里屋,用谷草盖好——怕串门的邻居看到。

原来父亲是在偷树。是一棵柏树。从集体山林里砍回来的。

我后来才知道,他要用这棵偷来的树打一担木桶。我们家挑水的木桶已经烂了。

为什么要偷?因为我们家的自留山上没有。

偷树,他只干过这一次。他还偷过生产队的苕藤。这事他做过两回。那是夏天,正是青黄不接的时候,一家六口没米下锅,只好用苕藤、洋芋叶之类的东西来接济。这些东西,自留地里是没有的,也只有去偷集体的。

他是不是还偷过别的什么?我没看见,也没听人说过。我能记得的就是这两样。

我一直觉得这是很不光彩的事,不对任何人说。四十岁以后,我理解了他,也原谅了他。现在，我把这件事写在这里。

手艺

村里的男人大多会一两门手艺，比如编篾、打石头。农忙时做地里的活，农闲了就做手艺。在我们村，有些东西不去街上买，而是自给自足——背篼是自己编，扁担是自己做；有些东西则是互相交换——你是木匠帮我打家具，我是铁匠帮你打锄头。所以，手艺是必得学一两样才好，光会种田还不行。

父亲会做的两样手艺是：做瓦、解料。

村里人都住瓦房。瓦房当然是瓦片铺屋顶。一间房的房顶至少需要三千匹瓦才能盖得住，而且，每隔两三年还要添瓦翻盖，因此，父亲这门手艺大有用处。

做瓦是跟泥巴打交道，很辛苦。工序也复杂。先是拌泥，不是什么泥都行，要选没有砂石和其他杂质的地块做泥场。然后把泥挖起来，捣碎，用水闷着，这叫做"发泥"——就是使泥发酵，类似发面。然后踩泥，牵着牛在泥场里不停地踩踏，直踩到泥巴软硬适中，抓一块起来，能像面团那样揉来揉去而不散，可随意拉长、捶扁、拢圆，要个什么形状就有个什么形状，这泥才算踩好。

比较麻烦的是做瓦。父亲常在我们家院坝里做瓦，我们都看熟了。他先把踩好的泥一团一团背回来堆在院坝里，垒成一个泥包。然后在泥包旁边搭一个工作台。工作台就是用泥土垒成一个台子，上面放一张石板，石板上放一盆水、两个泥掌、一个刮丝和泥弓。最重要的工具是瓦桶，这瓦桶是用一根一根的细木条镶成，展开，是一个长方形的平板，合拢来，就是一个圆形的木桶，只是没有底罢了。瓦桶放在一个圆形的木盘上，木盘下面连着一根轴，可以带动木盘飞快地转动。父亲用泥弓从泥堆上取一片长方形的泥皮，捧过来贴在圆形的瓦桶上，然后一手拨动木盘，使瓦桶旋转，一手拿泥掌蘸了水，将那泥皮抹、压、挤、提、抽，什么手段都用了，一个成形的瓦坯就出来了，提到阶沿里卸下来，晾着。

父亲一天能做两百多个瓦坯。一个瓦坯可以拍成三片瓦，共是六百多匹。

瓦坯阴干后进入瓦窑烧制出来，就成了硬硬的瓦片，那是成品，可以上房了。

不过，烧瓦是另一门手艺，是其他匠人的事。

村里只有两三个人会做瓦，农闲时，父亲常常被人叫去做这个。他也乐意去，因为，东家会给些钱，有好饭好菜招待，还有酒。晚上回家来时，他喝得脸色红润，满怀喜悦。

解料，就是用锯子将木料剖开。有人修房造屋或者做家具，父亲就被人请去解料。解料必须两个人搭伙进行，单枪匹马是不行的。父亲常与三叔搭伙。

解料时，院坝里要架一副大马凳，待解的木料横在马凳上面，用"铁抓子"抓牢。父亲和三叔一里一外站着，举起大锯，平抬着肩，把锯齿对着木料上的墨线，一推一送，又一推一送，锯齿就咬进木料里去了，随即吐出锯末面，像雪花一样撒在地上。锯子在木头里嚯嚯地响，锯末面不停地往外飞，不久就铺得满地都是，木香也随即弥漫开来。木头的香气很好闻。

锯末面这东西刚从木头里出来还很潮湿，踩在脚下又软又润，等太阳晒干了，松松散散的，我们就把它归拢来装进麻袋里，放进屋里储存起来，等冬天的时候好熏腊肉。

解料时，父亲和三叔都把脚叉得很开，用力将锯子推来送去。锯子在木料里呼一下过来，又呼一下回去，像在水里走一样，一点也不犹豫。一根脸盆那样粗的木料，要不了半天就被解成了一张一张的木板。

我以为拉锯是容易的，曾试着跟父亲拉了两把，谁知锯皮在木料里卡着，进不来，也出不去。父亲说我没有那个技巧，也没那个力气。

村里会解木料的不多，除了父亲和三叔，还有陈明材和朱大炮也会。但是他们没有解锯，而父亲和三叔是自己购置了解锯的。有手艺，又有工具，在外人眼里，父亲他们要比朱大炮他们高上一筹的，请他们的人就多了。

此外，父亲还会编篾，我们用的背篼、撮箕等用具，都是他编的。雨雪天气，不去田里干活，他就在家里编这些东西。母亲做出豆腐来，说要挂到火塘上烘，他就编出个烘豆腐的笼子来。筲箕烂了，他就编个筲箕。不过，这些手艺村里成年的男人都会，算不上他的特长。

父亲还会磨刀、打绳，也能嫁接桃树、梨树等。有意思的是嫁接果树。好多年来，我们屋后一棵果树只开花，不结果，父亲说是品种不好，得换。有一年春天，他从外面找回几根优质的梨树枝，枝上的芽苞已经鼓起来，马上就要打开的样子。他就把这根树枝嫁接到我们屋后那株果树上。先用刀片在枝上划一个斜叉口，又把外来的树枝削一个扁平的切面，两边一对，外来的树枝就插进了原来树枝的叉口里。外面再用树皮包裹起来，缠好，又用泥在接口处糊一个水斗，装一些水在里面，说是养树皮的伤。

过些日子，嫁接过来的树枝果真发了芽，长出圆而胖的叶子来。我们感到莫名的欣喜。然而遗憾的是，这外来的树枝慢慢就不长了，最终不见开花，也不结果。父亲和我们都有些沮丧。

第二年他又嫁接一回，但还是不见长大。第三年又来……后来，我们不抱希望了，他好像也疲倦了，作罢。

他一直没把嫁接果树的手艺学会。

吵架

他跟母亲老是吵架。吵得不可开交的时候，还要动手。

家里人口多，花销大，但劳力少，只有他跟母亲两人挣工分。他们起早贪黑地干，到年底算账，总是倒补户（负债）。我们是队里最穷的人家之一，粮食分得少，布票不够用，杀的年猪又瘦又小……日子过得很焦愁，他们的脾气也就不好，说话没有好声气，一语不合就吵起来。

多半是在傍晚收工回家开始吵。起因很简单，要么是牛还在坡里没有牵回来，要么没柴煮晚饭，要么是缸里没水……都是鸡毛蒜皮的小事。地点多半在后门外边的空坝里。那里要僻静一些，外人不一定能听见。他们不想让外人听见。

常常是，我正在灶屋爨火，准备煮晚饭，或者刚从田里提了一桶水回来，突然听见他们吵起来了。他们越吵越起劲，我的恐惧一点一点增加，担心他们会动手。后来，他们果然打了起来……

有一次，他们又要动手。我很着急，浑身发抖，跑到后门那里，说："你们要打，我马上跑到院坝边，告诉全村的人：你们在打架。"

他们不出声了。站在那里不动。

不久，他们不声不响回屋去了。

从此，他们不再吵架。

那一年，我十一岁。

母亲的手工活

扎鞋

雨雪天里,村里的女人就不去地里干活了,都在自家窗台下埋头做手工活,有的绣花,有的扎鞋。绣花,是还未出嫁的女子的事,她们用五彩缤纷的花线,在鞋垫之类的物件上织绣牡丹、玫瑰,准备送给定了亲的男朋友。已婚的女人是做鞋,做给孩子和男人,或者做给自己穿。

母亲当然是扎鞋了,给父亲和我们兄弟姊妹几个扎布鞋。那时,乡镇上的商店里还没有皮鞋卖,只有机器做的胶鞋和网鞋什么的,但我们没钱买。我们穿母亲做的布鞋,布鞋轻巧,透气,感觉舒服。

扎鞋的工序大体是这样:搓麻线,打布壳,扎鞋底,做鞋帮,上鞋。

打布壳,就是把几层棉布用面胶粘在一起,成为一张布壳。面胶是麦面搅成的,黏性极好。上鞋就是用麻线把鞋底跟鞋帮连成一体。较为费事的是扎鞋底,鞋底很厚,要一针一针用麻线扎紧,针脚要细密,横成排,竖成行。一只鞋底要扎好几天才能完成。

天放晴,要去地里做事了,而鞋底还没扎成,那就带着吧,抽空做。母亲经常在怀里揣着一只扎了一半的鞋底,鞋底上绕着麻线,别着针,在地边歇气的时候,就摸出来扎上几针。该干活了,把针线收起来,揣进怀里。

母亲扎鞋的动作和姿势很好看。她坐在那里,全神贯注于手中的针线,随着两手灵巧地起落翻转,白的麻线就在怀里腾挪跳荡,并呜呜响着穿过一层一层棉布……如果她的头皮这时有些小痒,不消用手去挠,只拿针头在头发里轻轻划两下——针在她手里成了随心所欲的工具。

母亲有一个专门盛放工具的竹箦,里面有针线、黄蜡、剪刀,以及各种颜色的布料。她在家里扎鞋或者缝补衣服,这个竹箦是放在旁边的,需要什么,伸手就拿。

母亲扎鞋的手艺在村里是一流的,常有人找她帮忙。一年,有人给村西的黑娃说了一门亲,女方要来"看人户",黑娃娘人老眼花,做不好针线活了,就来找我母亲帮她扎两双布鞋。鞋是给女方父亲扎的——人家第一次来相亲,得有礼物相赠,这是我们这儿的风俗。这是人家的大事,母亲花了七八天时间,日夜不停地赶工,终于在相亲前一天做好。后来黑娃的亲事说成了,黑娃娘十分感激,秋天,她家橘子熟了,摘来好大一筐送到我们家。

母亲曾对我说:等你长大了,有"干女子"(女朋友)了,我给她扎最好看的鞋。后来,只是弟弟的"干女子"穿上了她做的鞋,我就没有麻烦她老人家了,我到外面来了,在外面找了对象——外面的世界不时兴穿布鞋。

搓麻线

我们房屋下面有一小块土地,年年都种麻。麻的禾秆细而长,成熟后表皮多纤维。晚秋时节,地里的活忙得差不多了,母亲就拿上镰刀去地里将它们割倒,打成捆,然后扔到院坝边的水田里泡,过十天半月捞回来,坐在房檐下用麻刀一根一根地理。理过的麻就成一缕一缕的线了,雪白。之后,将它们密密地排在一根竹竿上晾着。那些白白的线挂在半空,长长地吊下来,像挂着一帘瀑布。过个一天半天,麻线晾干了,母亲将它们一一收下,缩成几团,一怀抱进屋去。

一般是初冬时候,天上下着小雨,天气却并不很冷,母亲就拿一卷散麻坐在屋门口搓起麻线来。她把裤脚高高地卷起,亮出膝盖来,一手送麻,一手压着散麻在膝盖上来回搓揉,一根细细圆圆的白线就慢慢抽了出来,在地下一圈一圈盘着。麻线有的长一丈,有的长两丈,我们没事的时候就接起来牵着玩,结果可以牵过半条田埂,到达翠姐她们院坝边的桃树那儿。

这线就是用来扎鞋的。

母亲搓麻线的时候,我们也没有放牛割草之类的活要干。闲着,就帮她把大卷的散麻分成若干小股,放在她身边,这样,她搓线时就省事多了。

搓好的麻线,母亲就不让我们乱动了,高高地挂在屋里的墙上去——如果让我们弄成一团乱麻,就难以收拾了。

筛米

母亲给我们做米饭,那米是她在村边的碾子上碾出来的。米碾熟了,背回来,从风斗里过一次,先把糠和米分出来,之后,她就在屋檐下支起簸箕,用筛子筛米。

筛米,要用两种筛子。先过粗筛,把没碾熟的谷粒和米分离出来,再过细筛,把碾得太碎的米隔走。有了这两道工序,留下的米就可以下锅做饭了。

我们以为,筛米是简单的,就是不停地摇筛子嘛。但是,那筛子却是不好摇的,手生的,竹筛不听话,怎么摇也分不开生的谷粒和熟的米。母亲筛得很好,她把圆圆的筛子端在手里,半弯了腰,一下一下均匀地摇,我们只看见一团圆圆的影子在她手里晃动,而那些没碾熟的谷粒仿佛得了命令,都绕着一个中心转起圈子来,先是大圈,越转圈子越小,最后都到一处集中起来,这时,筛子里就分出两个阵营来,四周是白的米,中间是黄的谷粒。把谷粒捧走了,再筛,再分出一些谷粒……最后,剩下的都是雪白的米了。

任宪生作品

看母亲筛米，是好玩的事。那筛子有千百个小孔，密密地分布着，母亲将它握在手里摇晃时，就有千百颗米同时从那些孔里漏下来，那声势，像瀑布倾泻而下，像暴雨铺天盖地，像千军万马奔腾而来。米从筛眼里下来，下面的簸箕接着，越堆越高，成了一座雪白的小山——山顶尖尖的，后边下来的米站不住，往下面滑去……我们忍不住把手伸进去，再退出来，拿到鼻子下闻——呵，那个米香，闻着好舒服。

发豆芽

"发"是个动词，孵的意思。发豆芽就是孵豆芽。

我们小时候，豆芽这种东西是过年才能吃上的。有的人家修房造屋，或有婚丧嫁娶之类的大事，也用黄豆发点豆芽待客。不过，这是少有的。因为黄豆产量小，不是什么时候都有，就是有，也不是说说就做出了豆芽——要三四天才能孵得出来。

母亲总是在腊月二十边上才开始泡黄豆。泡多久，好像是一两天吧，记不清了，反正要把黄豆泡涨。泡好了就盛在筲箕里，用布盖上。一天淋几次水，不断地滋润。那是冬天，气温低，要放进锅里焐着，加加温。过几天揭开一看，豆子发芽了，千万个白色的嫩芽探出头来，密密麻麻挤成一片，顶上都支着两片绿的豆瓣。

过些日子，豆芽又白又胖，简直有些肥硕了。

豆芽长到一寸以上就可以吃了。不能让它长得太老，太老就咬不动了。

有时，母亲也用别的豆子发豆芽，比如小豆，不过那豆芽长得很瘦，细细的，吃来是另一种口感。

扫盲班

一九四零年，孙犁先生写过一篇散文，叫《识字班》，说的是抗战期间，边区提倡冬学运动,办起识字班,全村的人,不论男女老少,都参加学习。这篇文章我从前读过,最近又找出来读了一遍。孙犁先生的文字,耐读,有嚼头。

读这篇文章的时候,我想起了我的母亲。她也是上过识字班的。不过,不是抗战时期,是在上个世纪七十年代。也不叫识字班,叫扫盲班,但性质差不多,都是识字、写字。那时候,农村很多地方都办"扫盲班",不识字的人都得去学习。说是这样说,其实去扫盲班学字的都是女人,并没有男人去的。大约是他们要面子,不好意思跟女人同学。

我们三脚湾的扫盲班办在"大院子"的堂屋里。所谓大院子,就是住了七八家人的一套四合院,那里人口集中。上课的时间是在某年夏天的晚上,因为白天要上坡干活,没空。如果是雨天,不能去地里做事,也有在白天开课的。我那时读小学,没事就跟在大人屁股后面转,母亲去学字,我也跟了去。

那堂屋里长年放着两具棺木,是谁家为老年人预备的。我们那里的风俗是,人到了七八十岁,说不定哪天就不行了,得提早把他的棺材做好,以免到时手忙脚乱。棺木傍墙列在两侧,学字的人在中间坐着,看老师在前面黑板上讲解,然后练习写字。

除了纸笔,母亲还要带两样东西:油灯和板凳。写字本来要有桌子才行,可是没有,只好用板凳代替。其他人也如此。一屋子女人席地而坐,伏在板凳上写字。油灯,一人一盏。黑板前面也有一盏,能照见黑板上的字。满屋都是灯。那时,村里还不通电。

笔,母亲从我这里借;写字本,则是从街上买来白纸,自己用针线订成。

母亲她们上课时,我们在外面玩。教室,就是那个堂屋,已经太挤,教课的人不让我们进去。

教课的人叫陈明生,他那时还是遂宁农机学校的学生,二十出头。假期回来,队里给他安排了这样的任务。那个年代,学生在假期里都是要"干革命促生产"的。印象中,他穿着干净的中山装,粉笔字写得很清秀,一笔一画,很认真。我记得,他还在堂屋大门的门柱上用粉笔写过对联,是"人寿年丰……国泰民安……"一类。但是,他怎样教一群比他大好多的女人写字,我不记得了。

孙犁先生在《识字班》里写道:有些女人带着鞋底子,在识字班里做针线活。母亲也把这些东西揣在怀里带去了。如果去得早,人还没到齐,她就从怀里取出来,一边扎鞋底,一边跟人说话,等老师开讲。

别人怎样我不清楚,母亲是高兴学字的。凡是有课的晚上,她早早煮好晚饭,喂了猪牛,然后忙着去听课。那时天已经不早了,路上或是洒了月光,或是漆黑一团。她提着板凳,在田埂上匆匆地走,我跟在后面,也匆匆的。

学过一段时间,她能写几个字了,比如"天,上,下"等等,跟刚学会写字的小学生一样,有些兴奋吧,拿粉笔把这些字写在门板或是柱子上。字的样子很拙。

有几次,回到家里,母亲忘了某个字的写法,问我,我告诉了她。又想写某个字,但老师还没教,问我。我也写不出,因为我的老师也没教。最后是父亲告诉了她。父亲在解放前是念过私塾的。

现在想,母亲这样热衷学习写字,一定有她的打算:学会写自己的名字?学会记账?能看报?……可惜我从来不曾问过,她也没跟我们提起。

但是,扫盲班并没有办多久,不过就是暑期的一个多月,秋天一到,教她们识字的陈明生到遂宁上学去了,农事也繁忙起来,没有时间学字了。地里的活忙完已是冬天,这时虽然又有了空闲,但因为没有教师,扫盲班不能复课。第二年夏天,还是没有开课,因为,这时上面又安排了别的任务,农业学大寨呀,兴修水利呀,等等,这样,扫盲班再没办起来。

慢慢的,母亲先前能写的字又给忘得一干二净了。几年之后,她又成了文盲。

她心里是不是觉得遗憾呢?大约是这样,不过,我无法去跟她证实了——我的母亲,她离开这个世界已经十多年了。

那时，我们不知道母亲在流泪

一

吃早饭的时候，母亲一边把饭菜端上餐桌，一边像往常那样唤一声："平，华，吃饭呀。"然后，母亲坐在厨房的条凳上，等着父亲、妹妹、弟弟和我。

但好久没人应声。

母亲侧耳听了听，没有她熟悉的咳嗽和脚步声。母亲起身到门口望了望。院坝里是一地阳光，两只鸡在草丛里觅食，几只蜻蜓在空中安详地飞翔。母亲没有看见我们的身影。

不见我们的身影，母亲傍门站了一会儿，在心里把我们的名字一个一个叫一遍，然后回到餐桌边。

母亲坐下来的时候，见桌边只有她独自一人，四周的位置都空着。母亲觉得她心里也是空的。她感到很不习惯，端碗离开餐桌，去门口坐着。

母亲在门口坐下不久，她就流泪了。

没人知道母亲这时在流泪。母亲自己也不知道。她在吃饭，把米粒拨进口中，慢慢咀嚼。她一边咀嚼，一边在心里想一些事。她不知道泪水是什么时候出来又流到她腮边的。

我们也不知道。我们那时没在母亲身边。我们那时真是无知，以为只要有母亲在家，什么都可放心了，我们留下母亲，一个一个远走高飞——我在省城读书，二妹也去外地求学，大妹远嫁他乡，有了两个孩子，很少回来，小弟在远远的南方打工。我们都走了，把母亲一个人丢在家里。

父亲呢？我们的父亲，他在我们屋后的一片土地上长睡不醒。他离开母亲和我们已经三年了。他那儿离我们家很近，他经常看见母亲在我们房前屋后走动的身影，但是整整三年里，他在母亲的梦中连一句话也没说。母亲很多时候从他那儿路过，喊他，他不应声。他把母亲一个人留在那么大一座空房子里也不心疼。

我们都走了，把母亲一个人丢在家里。母亲坐在门口流泪，泪默默地挂在她腮边。

但我们没一个人知道母亲这时在流泪。

二

太阳快落山的时候，母亲终于把桑园坝那一地麦子割完。

这些麦子是母亲一个人在上年秋天种下的。她弯腰在地里撒种的时候，我们不在家，现在母亲割完这些麦子准备收回仓里，我们还是不在家。

母亲一个人把麦子种完又割完了。

母亲把最后一把麦子放在地上，打算把她一直弯着的腰直起来，擦擦脸上的汗，歇一歇，然后回家。但母亲的腰刚直了一半，就直不起来了。她感到腰像木头一样僵硬。她用手撑着膝，半弯着身子歇着。太阳快落山了，母亲看见她弯着腰的影子也在地上歇着。母亲的姿势像一个人半俯着身子在跟她的影子说话。母亲说，腰痛。这话母亲的身影听见了，而远在外乡的弟弟、妹妹和我，一点也不知道。我们后来知道，是村里人告诉的。那时，有人在附近割麦，他们听见母亲弯着腰在跟她的影子说话。

母亲终于把腰直了起来。她回头望望一大片倒在地上的麦子。麦子在夕阳里黄得灿烂。母亲觉得一地的麦子都在对她笑。

后来，母亲走出麦地，拐上傍山的小路。母亲的身影也跟着拐上小路。

母亲朝家里走，影子在后面跟着。有一阵，母亲以为后面跟着的是我、弟弟或妹妹，转身一看，不是，是她的影子。

影子走得很慢。母亲人已经走到小路那头了，她的身影还在麦地里。好像它比母亲还要疲倦。

母亲绕过几根田坎，下了岭，走进村子。母亲进了村子，她的身影还在岭上逗留，看晚起的炊烟在村子上空缭绕。

母亲回到我们家院坝里，她的身影还在村里走。有人开门出来，看见门前小路上有母亲的影子却不见母亲本人，有点诧异。那人顺着影子的方向看过去，见母亲站在我们院坝里，正在揉她的腰。

三

三亩土地。一条牛。三条猪。一条狗。一只猫。二十只鸡。四间瓦房。这就是我们的家。母亲独自一人操持这个家，她每天都有一大堆事要做。后来我们想起母亲的时候，就觉得这些事像乱石一般堆在她要走过的路上。母亲很累。

那天，母亲把几块稻田的稗草清完的时候，又是太阳快靠山的时候了。

母亲在稻田边洗了脚上的泥，去田角找到她的布鞋，穿好，朝家里走。

"该回家歇歇了。"她对自己说。稻田的稗草除完了，算是完了一宗大事，她感到浑身都累，她想歇歇了，好好歇歇。

母亲手提草帽朝家里走。走到岭上堰塘那儿，母亲看见隔壁二婶在挑水灌菜，就想起她昨天早上刚栽的白菜——让这么狠的太阳晒了两天，还一直没灌过呢，怕是死苗了。母亲从岭上绕到我们屋后那块菜地，见一地菜苗果然都蔫了，叶子像被开水烫过似的，伏在地上。母亲叹了口气，忙着往家里赶。走到屋边猪圈那儿，母亲把草帽随手放在地上，挑起一担桶就往山上走。她去灌菜。母亲走得有些急，木桶摆幅很大，在路边的土墩和矮树上磕磕碰碰。

母亲再次回家的时候，已是暮色轻笼。她去猪圈边放桶，这时，圈里的几条猪都叫起来，有两头猪还把爪子搭在圈栏上仰头望。母亲这才想起中午忘了给猪喂食。母亲打算去给它们弄吃的，可从牛圈旁经过时，却见圈门敞着，圈里没有牛。母亲有一瞬的疑惑，才恍然记起，牛还拴在山后坟地呢。她转身往坟地走。

牵回牛，喂过猪，天已黑尽。月亮在天上亮晶晶地挂着。

母亲开门进屋，把厨房打扫打扫，开始燃火做饭。母亲这天的晚饭很简单，她中午做饭时多加了点米，现在只是把剩饭热热，煮一碗菜汤就行了。她经常这样，煮一顿，吃几顿。

吃过晚饭，收拾了锅碗，母亲开始砍猪草。

之后，母亲又把她身上那件穿脏的外衣脱下，打算泡在木盆里，抽空再洗。母亲舀水时才发现，缸里没水了，明天连早饭都做不下来。母亲又挑上水桶出门去。

外面是满地月光。家家的灯都熄了。村里很静。

挑回水，泡了衣服，母亲又洗了洗身子。

洗过澡，母亲说："该歇了。"

上了床，头一落枕，她睡着了。

母亲刚睡着，村里就有了鸡叫声。

那是第一遍鸡叫。

四

那天早上，母亲背着一筐牛草从后山往回走。走到我们房后那块玉米地边，她突

任宪生作品

然摔倒了。

她摔倒了。身子躺在地上。

牛草撒了一地。母亲觉得有些难为情,一翻身,坐起来,看看四周,见不远处有人,想赶紧站起来,免得让人笑话。

但是母亲感到身上某个部位在剧烈地疼痛。她试了几次,没能站起来。

她无可奈何地坐在地上。

她感到疼痛像过电似的在她身上一阵一阵流过。

她有些慌乱,不停地用手在疼痛的部位揉着。

母亲坐在被露水打湿的泥地上,许久没能站起来。

母亲第一次在一个地方坐那么久。

五

我们赶回家时,见母亲斜着身子坐在门前一把破旧的木椅上喘气。

那是秋天,院坝里铺了一地淡红的夕阳。草枯得憔悴,蛛网残破得让人忧伤。在这样的黄昏,母亲坐在那儿一声连一声喘气。

母亲喘气的时候,弟弟在院坝里挥着斧子劈柴,大妹在屋檐下洗衣,二妹把洗过的衣物晾到院坝边的竹竿上,我在院坝角落挖一种草药。

我们默默地干活。我们知道母亲身上有多疼痛,我们希望母亲能大声呻吟以减轻痛苦。可母亲只是喘气。

草药是给母亲挖的。可医生说,一切都晚了,一种叫癌的东西使母亲只剩下疼痛。

但母亲不让我们看见她的痛苦。她坐在那里只是喘气。

母亲不能在房前屋后走动了,她斜着身子坐在那里,用她全部的力气对付疼痛。

我们悔恨我们回来得太晚了。

我们默默地干活。我们怕一开口说话会触及我们心里的痛。

但背过母亲,我们就一把一把地抹泪。

我们把我们的母亲丢在村里太久,她浑身都痛了,我们才回来。

在满院的寂静中,母亲的喘息把我们的心牵扯得一阵一阵地痛。

六

吃早饭的时候,我们围在餐桌边等母亲。

等了好久,不见母亲的身影。我们到门口望。院坝里也是一地阳光,两只鸡在草丛里安静地觅食,几只蜻蜓在空中飞。我们没有看见母亲的身影。

母亲没有像往常那样,匆匆从屋外走进来。母亲的座位空下了。

母亲走了。她像父亲那样,也在我们屋后的坟地里长睡不醒。

我们曾经把母亲一个人丢下。现在她也丢下我们,走了。

不见母亲,我们各自找地方蹲着,默默吃饭。吃着吃着,大妹、二妹的泪来了,我和弟弟的泪也来了。

以前,母亲一个人在家流泪的时候,我们不知道她在流泪。现在,我们流泪的时候,母亲也不知道。

母亲在我们屋后一片土地上睡着了。她不再抚着我们的头问:平、华,哭啥呢?母亲没来问我们,她不知道我们在流泪。

一些农具

镰刀

镰刀：收割稻、麦、豆和柴草的小农具，由弯状刀片和木把构成，刀片上有小锯齿。

我们家通常备有五六把镰刀。割牛草的，割稻麦的，割菜的，各尽所能。五六把，这是最低限度，不能再少了。坏了或是丢了一把，得赶紧去铁匠铺添置。

一年之中，镰刀在这样几个季节最为繁忙：一是春夏二季，这时要割草、割麦、割油菜，几乎天天不得空；二为九月十月，这时要秋收，割稻、收豆、割玉米茬，也是日日繁忙。每到这样的季节，我们手里时时握着镰刀，随时准备要割一些什么。刀把一直被我们的体温暖着，刀刃上温和的光芒一直明亮地闪烁。镰刀越磨越亮，铁的光芒在村子里流动，银光闪闪。

刀的形状正是月亮刚出土的样子，弯得很好看，像一个温和的女人笑弯的眉。

但是，村里几乎所有的人都在不经意间被它割伤过。我们的手指上有各种各样的疤痕，月牙形的，草叶状的……

我们家没有专门存放农具的屋子,所有的农具都只是大致归类,有的放在灶房,有的放在堂屋……镰刀,我们把它放在窗台上,放在屋檐下的石头上,或者干脆将它砍在门口的木柱上——图个方便,用时可以顺手拿到。

在所有的农具中,镰刀最小,容易被人忽略,一些镰刀因此不明不白地消失了。而另一些时候,我们会在某个草丛或者某块田地里,意外地发现一把已经锈迹斑斑的镰刀。看它似曾相识,就隐约记起某个早晨或黄昏的情景——镰刀好像就是那时丢失的。

镰刀一旦丢失,就再也不是镰刀了,即使找回来,也只是一块废铁而已,因为它早已失去了光芒。失去了光芒的铁,就什么也不是了。

除了丢失,镰刀大多是这样消失掉的:在千百次草木的割伐之中,在千百万稻子和小麦的收割之中,镰刀一天比一天薄了,一天比一天瘦了,看起来,就像一个身强体壮的人,在不停地劳作里,一点一点消耗了。我们看到,比铁柔软百倍的稻麦豆草,把铁做的镰刀一点一点吃了进去,最终毁灭了一把曾经风光一时的镰刀,使它成了一堆无用的废物。

一把镰刀的寿命大致是三四年。

锄头

锄头:用于中耕、培土、松土、间苗和除草的农具。有大锄、小锄之分。

我们每天带着锄头在田地之间转来转去,挖土,碎土,刨地,平地,挖窝,理沟;将板结的土块打细,将生泥弄成熟土,将瘦土弄成肥泥……在不断翻弄泥土的过程中,庄稼长起来了,开花了,结果了,成熟了。一锄一锄,我们挖出了好收成。

好日子也是这样一锄一锄挖出来的。

在土地上,离开锄头,我们会两手空空。

在我们村，每个成年人必须人手一把锄头。有时候，锄头要比能使锄头的人多，比如说，某家有三个劳力，而锄头的数量肯定是四把或五把。很多年里，我们家只有父亲和母亲两个劳力，但锄头是四把，其中大锄三把，小锄一把。大锄中又分两种：一是轻巧的，由体力弱的母亲用，栽菜呀，铲草皮呀；一是笨重的，由力气大的父亲用，挖地呀，撬石头呀，等等。小锄呢，这是专为栽菜、点豆之类细活准备的，多数时候由母亲使用，有时，我们兄妹几个也用它做一些零碎活。

在一些季节里，我们放下别的农具，只使用锄头，比如收获洋芋、红苕，播种小麦、油菜的时候。那时，村里所有的锄头都出动了，很多肩扛锄头的人在田野里行走。锄头不停地在土地上起落，锄叶上的光亮在阳光里频频闪烁，一朵又一朵。

我们用锄头把一片荒凉了几百年甚至几千年的土地开垦出来种上庄稼；把某个地方多余的泥土取走，搬到另一些需要泥土的地方；在没有路的地方挖出一条路……我们用锄头播种和收获粮食，也用锄头改变了村里的面貌。可以说，锄头在我们手里无所不能。

在一个村庄，十几岁的孩子就开始学习使用锄头的技能。起初，我们拿着它东挖挖西掘掘，有时则是恶作剧地挖一个土坑，等着让一个人掉下去摔一个跟头。后来就干点正事，去挖野菜，车前子、野葱、马齿苋、清明菜等等，还去山林里挖百合、地瓜等中药，然后拿到街上卖钱。

渐渐的，跟大人一样，我们手掌里也有了茧疤。是锄把磨出来的。

风车

风车：木料做成，有扇叶，手摇使其转动生风，用于扬弃粮食中的秕壳和灰尘等杂物。

这是我们家唯一的大型农具，爷爷在世时请王家坝的王木匠做的，已经用了十七八年,手柄光滑得可以照出人影,木头上到处是麻线一样的细缝,但是它还完好无损。

通常,我们把风车放在堂屋里。堂屋宽大,有门,可以上锁。要用了,把它抬到院坝里,用过了又抬回去放好,把门锁上。

风车的肚子里有几片扇叶,扇叶转动,一股风吹出来,迎面站着,能把人吹得出不来气。夏天,我们兄弟两个经常站在风口那儿,叫妹妹使劲摇风车的手柄,扇我们一头一脸的风,把衣服吹得鼓起来,凉快。

风车是吹粮食中的秕壳和灰尘的。比如,用脱粒机把小麦脱了,在院坝里堆着,麦粒跟麦壳、灰尘和杂草混在一起,还应该将它们分开才行。好在有风车,它能替我们区分良莠和好坏。我们把它们一股脑儿倒进车斗,扇叶一转,风声顿起,麦子、灰尘和杂草就各归一类,泾渭分明。

新米碾出来,也要在风车里吹一吹。吹糠见米嘛。

风车替我们验证粮食的真伪。它守在我们家门口,对进入仓库的稻谷、小麦和豆子一一过目。那些企图混进我们生活的,都被拒之门外。

戽斗

戽斗:汲水灌田的旧式农具,竹篾编成,形状略像斗,两边有绳,二人引

绳,提斗汲水。

它的用处,是把低处的水引到高处。比如,两田相邻,上边田里没水,而下边田里蓄水又太多,这时父亲就把戽斗找出来,用它把下边田里的水拉到上边田里去。

之所以要"找出来",是因为戽斗平时少用,一年里只在栽秧那段时间用几回,其余时候都是束之高阁的。

戽水是大人的事,我们个头矮、力气小,干不了。戽斗两边有绳,父亲和母亲各牵一条绳子，略略俯身站在田边，仿佛得了口令，两人同时把绳子往外一送，让戽斗在空中荡开去，然后用力一拉，戽斗就像一只大鸟斜着俯冲而下，只听"哗啦"一声，落在下边田里，进入水里去了；再用力往上拉，戽斗就装了满满一斗水，从田里抖擞而出。那水是活的，在戽斗里快速旋转，旋成一股水柱，跃跃欲试马上就要飞到空中去的样子。说时迟那时快，两人同时把手里的绳子轻轻一顿，戽斗里的水就腾跃而起，然后展开，散成了一匹白练，绸似的软，在空中飘起来，飘了一个弯弧，最后落到上面田里去了。

我们最喜欢看的，就是那一匹"白练"在空中飞旋的样子。我们觉得，戽水好像应该是我们小孩子玩的某种游戏，却让大人们玩着，他们三拉两扯，就把一片静止的水弄得飞旋起来，一眨眼，低处的水就到了高处——好像是它们自己飞上去的。

水往高处走。在农历四五月，村里有很多水都这样，成为一道别样的风景。

犁

犁：翻土耕地的农具。由木制的犁体和装在犁身前下方的铧（呈三角形的铁器）等构成。以牛为动力。

犁是家中较为大宗的农具。由父亲专用。

犁地是技术活，犁铧入土的深浅要适度，耕得浅了，日后禾苗的根系扎不深，不行，耕得深了，翻出生土，也不行。这深浅到底是多少，我们没犁过地，不明白，只有父亲了然在胸。

耕地也是体力活，一会要压着犁，一会又要提着犁，随时调整，不断变化，颇费力气。一犁耕出头，要把犁从土里提起来，转身，又往回耕。这提犁的动作要利索干净，不然容易把犁拉坏。

耕地时，牛在前面拉，他在后面跟着，一手扶犁，一手持细的木棍，口里"呃呃呃"

任宪生作品

地吆喝。父亲耕地的技术当然是很熟练了,他随意调整犁的姿势,使犁铧在泥土中保持松弛的状态。犁下的泥土有如波浪,翻卷着,闪着黑油油的光。

父亲犁了几十年地,把地里的土弄成这样又弄成那样,他跟土地混得很熟。

有时候,牛要发点小脾气,在地里走几个来回就不听使唤了,拖着犁往外跑,叫也叫不住,一路上,犁在地上磕磕碰碰乱响,遇上土坎,犁铧的尖部一下扎进土里去,哗啦一声,犁散架了。这样的事父亲遇过两三回,他气得把牛关起来,准备好好收拾一顿。但最终只是吓唬一顿了事,打牛,他是舍不得的。

就换了把犁。我们家有两把犁。坏了的犁也不修了——修了也用不长——过些日子,找木匠另做一把新犁。

一把犁一般能用三四年。也有用一两年的,甚至,用第一次就坏了的也有。

耙

耙:用于碎土、平地的农具。由一长方形木架、弯形手柄和耙齿构成。其

用处是把翻耕过来的大土块捣碎弄平。耙齿有铁的,也有木的,长五寸左右。

这也是父亲专用的。通常备有两把,替换着用。

秋播时,土地刚翻耕过来,一些大的土块需要碎一碎,如果用锄头一下一下敲,很费事,简便的办法是,用耙在地里过一遍,土块都就碎了。

一块地,连续耕种几年,会出现这样的情况:有些地方的泥土薄了,而另一些地方,泥土又堆积得太多。当然要平一平,把那些跑走的泥土赶回来才好。也是用耙赶,赶几遍,泥土的厚薄就一致了。

用耙最多的,是在五月收水栽秧的时节。水田耕过了,要平整一下才能插秧,这叫平田。牛拉着耙在田里来来回回走,既平了田,也碎了土。

平田时,父亲一会儿让牛拉着空耙走,一会儿将一只脚踩在耙上,另一脚空悬

着,把整个身子压在耙上,让耙齿咬进泥里。牛是黄牸牛,很有力气,拉着一耙泥和一个人,跑得飞快。父亲仿佛坐在船上,在水面滑行。

收工时,父亲把耙上的泥洗净,扛在肩上往家里走。此时天色已晚,他走得急,耙上还带着水,洒了一路。

背 篼

背篼:背在背上运送东西的篼。由竹片、竹条和篾丝编成。

我们总在不停地做着这样的事:把外面的东西背回家,把家里的东西背出去——把牛粪背到田里育种,回家的时候,又从山上背回一捆柴,或者从地里背回一袋玉米;把豆子和大米背到街上出售,又从街上背回一口锅、一匹布、一头猪或别的什么……

有的东西进来,有的东西出去。每天如此,每年如此,一个家在背进背出的过程中,渐渐殷实和富足起来。

我们运送东西的工具主要是背篼。

没有背篼,外面的柴草和布匹进不了家门。没有背篼,家里的牛粪也跑不到田里去,豆子和大米也上不了街。所以,父亲编了很多背篼,大人用的,我们用的,有大有小,各不一样;割草的,砍柴的,背米的,背麦的,各不相同。背篼多,屋里放不下,牛圈边、阶沿下、堂屋里,到处放着。

拿父亲的话说,我们还有吃有穿,日子过得还算不错,就是因为背篼多。背篼替我们背回的东西多。背篼为我们这个家立了大功。

我们屋后有一片竹林,父亲编背篼不缺材料。一有空闲,比如雨天,父亲就坐在屋檐下破竹,划篾,编背篼。

连枷

连枷:一种手工脱粒农具。由手柄和敲板构成。敲板,由葛藤或竹篾将一组平行排列的竹条或木条(一般是四至五根,三尺长)编织而成。操作者持柄使敲杆绕短轴旋转,敲击铺在地面上的作物穗荚,使籽粒脱落。

黄豆收回来,在院坝里铺开晒,晒好了,母亲就顶着太阳,拿连枷到院坝里"打黄豆"。她把连枷使得飞舞不停,将豆荚里的黄豆全都拍了出来,满地乱滚。

油菜和小麦收回来了,也在院坝里晒,母亲又把连枷使得飞舞不停,把豆荚里的菜米和麦穗里的麦粒都敲打出来。

有时候,眼见天上起了厚厚的乌云,马上要下雨了,隔壁二娘和张婶见母亲一个人在院坝里忙,就丢下自家的活,拿起连枷赶来帮我们打油菜。她们三人站成一排,一齐动作,三把连枷就一齐飞舞,呼——,把空气飞得响起来,啪——,落下地时,把豆荚敲开,震得一粒一粒的菜米四下乱跳。连枷落地的声音,有似轻雷,一阵接一阵。

连枷是简单的农具,大人可以使得飞舞不停,却不听我们的使唤,它的叶片在空中打绞,落地时又一头栽倒,啥也打不中。

连枷易坏,大人总是把它们高高地挂在梁柱上,我们有时想取下来玩一玩,却够不上。

扁担

扁担:放在肩上挑东西的工具,扁而长,用竹子或有韧性的木料制成。

扁担在我们肩上一上一下地闪悠,嘎嘎地轻响。

扁担是最轻巧的农具,线条简洁而优美,担在肩上,是略略有点弯弧的"一"字。

我们用扁担挑水,担土,担粪。累了,把扁担横在两个木桶上,坐在上面歇气——一闪一闪的,觉得很舒服。

干活累了,坐在树下歇气时,有人看见狗在麦地里连裆(交配),踩倒了麦子或油菜,很气愤,一时找不到什么去教训它们,想起屁股下面有一根扁担,抓起来追过去,抡起来一扫,狗就跑了,跑得比兔子还快。——在村里,用扁担打狗,这是常见的情景。

一个孩子长到能用扁担了,就意味着他已成人,要挑起生活的担子了。

一些未成年的,老早就想挑起担子试一试,结果担子刚上肩,他的腰就弯下去了。扁担告诉他:你还得磨练磨练。

扁担是用竹子或者棕木做成的。嫩的棕树和竹子是不能做扁担的,必得经了风霜才行。嫩的禁不得压,一压就断了。

经过磨炼的人,加上经过风霜的竹和棕做成的扁担,他们合起来才能挑起生活的重量。

但是,跟人一样,再经事的扁担,生活也能把它磨坏的。生活是很硬的铁。

一根扁担能用四五年就不错了。

不过,坏了也没关系,父亲会做扁担。村里的男人都会做扁担。

自己要挑的担子,当然是自己做扁担最好。

草帽

草帽:用麦秆编成的帽子,用来遮挡太阳。

草帽通常在门外的柱子那儿等着我们。

白色的草帽，就是白纸那样的白，黄色的草帽，就是麦草黄的那种黄，它们在那儿安静着，像沉静而温婉的女孩，默默地望着我们。

草帽是最为女性的农具。

草帽总是跟阳光在一起。它们身上阳光的气息很浓。

一个戴了草帽的人，总要比平时好看。一个女孩戴着草帽在村里走，会牵动村里所有人的目光。

有时候，我们站在高处俯视村庄，戴草帽的人就像阳光下行走的蘑菇。

我们喜爱草帽。就是什么事也没有，我们也爱戴着草帽在阳光里到处走。

草帽站在我们头顶之上，把一片阳光截在半空里，不让它落地。

如果草帽丢失了，我们要到处寻找。有时候，为了寻找一顶草帽，我们要走很多地方，屋后沙地边的香樟树上有没有？堰塘那里呢？莫非在堂屋里？……

草帽是从街上买回来的。那时候，买一顶草帽要花两角钱。两角钱买的盐，一家人可以吃上十天半月，买火柴的话，差不多可以用上一年。所以，草帽丢了，我们肯定要把它找回来才行。

找到丢失的草帽，我们心里真是喜悦，就像见到了久违的亲人一样。

簸箕

簸箕：竹篾编成的器具，圆形。用来簸粮食，扬去谷物中的糠秕等杂物。

簸箕是农具中的旧式小姐。母亲总是把它收在屋里，不让它随便现身。仿佛它是个不宜抛头露面的。事实上，多数时候它只在院坝里现一现身，事情一完，很快又进屋去了。

粗活它是不干的。它干的都是细活，簸粮食，筛米，箩面。

别的农具常常要沾上一些泥土、一些草屑，它不，不染一丝尘土的样子，清清爽

任宪生作品

爽地待在屋里的墙上，像个高贵的女子。

二妹生下来才几个月，母亲就下地忙活去了，把她丢给我带。我偷懒，把二妹放在簸箕里面让她自己玩，我跟别人跳绳、玩石子去了。她一个下午都在簸箕里爬来爬去，不哭也不闹。她那时正在练习爬行。

带孩子应该是女孩子的事情。簸箕就是农具中的女子。

土地档案

沙地

沙地是屋后樟树边那块地的名字。这地沙性重,一到雨季,土壤就要板结。土壤一板结,禾苗就长不好。一年之中,下雨的日子总是很多,因此,为料理这块地,让它长出好庄稼,我们费了不少的劲。

秋季,我们在这地里种小麦或油菜,来年夏季收获了,又栽红薯。年复一年,轮流播种,没有停歇。

这地离家最近,一有空闲,比如饭前饭后那点闲余时间,我们总要到这地里看看,或者侍弄点什么。春天,小麦或油菜长起来了,去看禾苗是不是齐整,哪块地方的苗子黄了,就补施一点肥,如果叶子上生了虫,得喷些药。夏日,看地里是否有旱象,是否长了杂草,有,当然得赶紧除掉。因为离得近,我们对这地的照看要比其他田地周到。

每年五月,到了收获期,小麦或油菜要熟了,这沙地就努着力,把籽粒养得更饱满些。土地养育庄稼,就像母鸡生蛋一样不声不响,不知不觉间,籽粒一天天肥硕壮实起来,压得苗秆互相扶持着也是撑不住弯腰欲倒的样子。看小麦或油菜的籽粒熟得要在阳光里炸开了，我们就割了回来堆在院坝里。

这时，沙地就闲了下来，空着。

而它四周的田地正在忙着长庄稼。左边是邻居陈海家的一地麦子，黄里泛着青，还没熟透，正赶路似的往收割季节走。右边是陈大安家的莴笋地，莴笋日渐长高，叶子一日赶一日地阔大起来。上边一块地是陈小强家种的油菜，还没成熟，得等上三五天才能收割。下边那块地又是陈海家的麦子……

沙地闲下来，像一个无所事事的人，感觉是空空荡荡的。

早上，村路边的野草上都挂着露水，沙地四周几块地里的麦苗上、莴笋叶上也湿漉漉的，我们家这沙地里什么也没有，空空地袒露着一地泥，露水直接落在泥土上，泥土就湿润了一层。

过几天，我们从沙地边经过，见地里零星地生出一些小小的野菜，刚冒出头。父亲说："这地闲不住，没有庄稼生长了，它就长野菜，生杂草。一年四季，总是没有歇息的时候。"

也是，人劳累一阵就想歇下来喘口气，什么也不干，让时间白白流走那么一段。土地却是从来不歇的，不论什么时候，它都在忙着，要生长些什么。

都生出野菜来了，这是沙地在提醒我们不要让它闲得太久，催促我们要及时播下新的种子。

"加紧收割吧，把别的地都收完了，快来这里栽红薯。"我们再从沙地边走过时，父亲这样说。

过两天，也许是后天或者大后天吧，我们就要来翻耕这块沙地，然后栽红薯。

麦地

麦地原来叫方田，因其形状是方形，包产到户那年，队里把它分到我们家，我们给改了名叫麦地。

这地有些怪,专能长小麦,村里那么多田地,一年要种多少小麦啊,可就数这块地里的小麦长得好,收成也好。别的庄稼,比如油菜、红薯、大豆什么的,不知何故,却总是长不好,总是歉收。既然小麦长得好,我们就年年种,也就叫它麦地了。

麦地位于村东一条大路边。那条路从邻近的村子伸过来,然后蜿蜒着又伸到另一个村去。头年冬月到次年五月,从麦苗长起来到收麦这一段时间,一拨又一拨的过路人经过这里时,总要惊惊诧诧地说一句:"啊呀,多好的一地麦子!"

不过,这地是在分给我们之后才长好麦子的。大集体生产的时候,它是老长野草的,麦苗却像狗尾巴草,麦秆又矮又细,弱弱的样子,风一吹,轻飘飘的乱晃荡。一块好地,在那个年代长不出庄稼,就像一个人正值壮年,却时运不济,白白耽误了好多年的时光。

土地下户了,父亲跟我们说,土地生来是长庄稼的,种瓜长瓜,种麦长麦,种得好,它就长得好,什么都不种,就什么也不长。一句话,土地长不出好庄稼,那是人的错。我们就在这地里精心侍弄,深理沟,细碎土,适时施肥,及时杀虫……果然,年年长得一地好麦。村里人说,这浪子似的一块地终于让我们拉到正道上来了。

一地麦,一枝花也好,却很招牛眼,路过这里的牛,就是有人在屁股后面拿树条抽着,也要顺嘴捞几口吃,时间一久,挨近路边的麦苗都让它们啃光,只剩了一片麦桩。我们赶紧在地边树一排栅栏,好挡牛的嘴。

记得是分田到户的第三年,四月初吧,有天傍晚,父亲从外村回来,路过这麦地时,他想看看麦子的长势,绕着田埂走了一圈。麦子长势当然不错,父亲很满意。但父亲发现一件奇怪的事,麦地中间有一片麦苗摇晃得厉害,像有一阵风专门对着那儿吹。父亲觉得奇怪,要看看究竟,侧着身子顺着地沟走进去,原来是一对小男女藏在里面亲热呢。他们把麦苗压倒了好大一片。那对小男女,女子是邻村的,男子是我们村的。一见有人来,我们村那个吓得拔腿就跑,像兔子那样三窜两窜就不见了,扔下邻村那女子不管。父亲有些生气,在后边追着男子喊:赔我的麦子,狗东西。"那是多好的麦子啊,他们给压倒了好大一片。"父亲回来跟我们说时,还是愤愤地样子。

多年以后,我读《诗经·丘中有麦》才知道,麦地自古就是恋爱男女的乐园。满地的麦子就是天然的青纱帐啊。"丘中有麦，彼留之国。彼留之国，将其来食。"（我在麦田里长久地等着你，远方的心上人。远方的心上人呀，我给你带来了你最爱的食物。）不知这多情的女子是否等到了她的心上人，不知他们是不是也压倒了古人的麦子。

新地

新地是我们在桑园坝那片荒野里新开的一块地。

桑园坝实际上没有一棵桑树，也没别的树，好多年来，那片土地只有野草在生长。连片的野草春天长起来，秋天枯萎下去，自生自灭。那似乎是一片没有用处的闲地，年复一年地荒芜，从来没人去理会。

有一年，父亲忽然对这片荒野动了心思，带我们来这里垦出一片地，然后种上麦子。我们一带头，村里许多人家都来这里开荒种地了。现在的桑园坝不再荒芜，是一大片田地，都种着庄稼。

新地刚种庄稼那两年，我们没指望有什么收成。刚开垦出来的地，泥土是生的，地性野，能长好什么呢？跟土地打了这么多年交道，我们知道，要让一块生地长出庄稼，得首先把它养熟，就像一个瘦弱的女子，把她调养得白白胖胖了，才能育出健康的孩子。我们从早到晚在这地里忙活，捡出泥中的瓦砾，除去草根树皮，翻耕，捣碎黏结的土壤，施肥，浇水……土地是有灵性的，时间一长，它明白了我们的心思，渐渐脱去野性，不长野草了，一心一意给我们长起庄稼来。头两年，它还像个刚理事的新手，慌手忙脚的，庄稼长得不咋样，但第三年，它什么都熟惯了，把我们种下的小麦当成自己的孩子那样养育，春天，满地的麦苗齐齐整整、嫩嫩绿绿地茂盛。到夏天，新地给我们产下九百多斤颗粒饱满的麦子，而当初播下的麦种不过百十来斤。

花了整整三年时间，我们终于把这片瘠地养肥。

这地就成了我们家的一部分。

那些田地

屋边地

我们房屋右边有一块地，不大，约一分面积，通常只种些家常小菜，比如四季豆、茄子、丝瓜、辣椒、蒜苗。这些蔬菜都是随时用得上的，种在家门口自有好处，比如，米已经下锅还没有摘菜，菜下锅了还没有蒜苗，那好，马上去地里摘几把回来，——叶子上还有露水在滴呢，鲜炒现吃，方便得很。

但是，距房屋太近也不好，鸡鸭老去地里糟蹋。种子刚下地，它们就溜进去东刨西抓，弄得地里到处是坑；菜苗长起来，叶子还很小，就给它们一嘴一嘴地蚕食，只剩小小的茎在地上秃着。很让人头疼。

鸡鸭这东西是没道理可讲的，我们只有轰赶。大声吆喝，或者拿土块打。即使它们不在地里，只在地边转悠，我们也不放心，非要赶到远远的地方不可。我记得，每到种子下地，我们就开始吼鸡吼鸭了，天天吼，吼得它们看见人的影子就乍着翅膀跑。

但轰赶也不是好办法，因为我们还有别的事要做，不能总在地边守着。所以后来就用栅栏把整块地围住。栅栏是用干枯的树枝和竹片密密编织而成，高约三四尺，鸡鸭进不去，别的什么东西也不大能进。这地就安全了，不再担心鸡鸭或牛羊来捣乱，一心一意给我们长菜。到春末夏初,地里绿汪汪一大片,肥胖的叶子把地遮得密不透风。而地边是种着丝瓜的,丝瓜的藤蔓,这时都一条一条牵到栅栏上,生出一串一串绿的嫩叶,叶子日渐大起来,最终,将栅栏严严实实盖住。再过些日子,张着嘴的丝瓜花就喇叭一样绕着菜地呜哇呜哇吹起来,好不热闹。

地里的菜长得那样茂盛,鸡鸭们很是眼馋,在栅栏外面伸着长长的脖子,却进不去,就走来走去张望,样子很有些可笑。

到秋天,这些家常小菜过时了,我们就在这地里栽种灰菜。灰菜又叫魔芋,这东西鸡鸭不感兴趣,我们就让它自己长,忙别的活去。而那栅栏,虽然还在地边围着,已没了实际用处,日晒雨淋的,慢慢就坏了。

第二年春天,我们又在这地里种小菜,同时把坏了的栅栏拆除,又围了新的栅栏。

旱地

这是我们屋后山包上的一块地,呈葫芦状。因为地势较高,又没有水源,常年干旱,所以叫它旱地。

这地我们秋天种小麦,夏天种稻子。收成当然不好,旱得厉害的年份,禾苗枯得像一地茅草,连种子都收不回来。每遇天旱时,我们就为这地担心。

为了解决干旱的问题,父亲想出一个办法:在地边挖一个塘,雨天把山水引进去,蓄满,到地里旱起来的时候,就把水放进地里灌溉。水用完了,再蓄。

但是日晒风吹的,水蒸发得很快,一塘水蓄在那儿,并没有灌溉多少,不久就只剩一半了。这情形,跟把粮食蓄在仓里,把念头蓄在心里一样,结果却是,蓄着蓄着就有好些不见了。

后来我们把水塘扩大,装下的水比原来多了一倍。这样,一般的旱情就能抗过去了。再过两年,我们又把它扩大,蓄下的水更多,这地的灌溉就不是问题了。

任宪生作品

但是，我们却担心牛去水塘里滚澡。天气大热的时候，牛们也怕暑气，见到水塘就要进去滚几滚，水塘小，牛在里面一滚，水就四处漫溢，几条牛一齐去滚，就会水漫山坡，白白地浪费了。为这事，我们还跟邻居说了红脸话，比如三叔，他家的牛总爱跑到这塘里滚澡，有一回，父亲就把三叔的儿子丑娃叫到水塘边，指着四处漫流的水说："你看你的牛，把我们这一塘水整得像个啥，这些水是救命的，救谷子的命，也救人的命……天旱了我们拿啥灌苗？"丑娃红着脸无话可说，把那还在塘里乱滚的牛吆喝出来，打了一顿。

打一顿又怎样呢，牛是那个德性，今天不来了，可明天又来。再说，这家的牛不去，那家的牛却去了。没办法，我们就叹息，这地要是不旱多好啊。

水毁田

桑园坝有个水田，紧傍着山坡，我们叫它傍山田。这田春天种稻子，秋天翻耕过来种小麦，两季的收成都不错。

有一点不好，就是每年夏季，遇上下大雨，山上的洪水下来，田里满了，盛不住，田坎的某一段就轰然一声崩塌，那阵势很吓人。

田坎一垮，水都哗哗流个精光，几个太阳一晒，田里就干得起裂，接着就是稻子受旱，秋天要减产。所以，每次山雨将来时，我们就扛着锄头去山上修理渠堰——挖宽，掘深——好把山水引走。但如果洪水太大，堰渠也会冲坏，山水还是奔涌而下，冲进稻田，毁了田坎。

田坎塌了，当然得修。修田坎不是轻松活。先用石头在崩塌的外围码一道矮墙，成一道堡坎的样子，再拿泥土把空处筑好。如果崩溃的是一小段，也费不了多少事，小半天就能弄好，如果塌方多，那就费工夫了，两个人干一整天也不一定能修好。

在我们的责任田中，这田最难种。后来，我离开村子出来了，父亲就把这田退给了队里。

再后来,退耕还林时,这田成了集体的林地,不再种庄稼。

漏水田

这田在风包岭。它有个毛病:关不住水。五六月份的时候,稻子长得正好,可是有一天,你突然发现,不知什么时候,田里原来蓄得满满当当的水,都悄无声息地不见了。说蒸发吧,哪有蒸发得这样快的?说流走了吧,又不见一点踪迹。找不出原因。

找不出原因,父亲就猜:这田的某个地方有暗洞,水从暗洞里流走了。暗洞可能是黄鳝钻的,也可能是地鼠钻的。那么,这洞到底在哪里?也找不到。

找不到,等收过稻子之后,我们就拿锄头把田边、田埂密密实实地筑过一遍,想把那些暗藏的漏洞堵住。但总是白费工夫,下一年,水还是不知不觉地神秘消失。

正是稻苗拔节的时候,眼看着田里突然没水了,又无技可施,心里干着急。

第三年,父亲仍不服气。栽秧之前,他花了很多工夫耕田,一犁过来,一犁过去,仔细得很。他想,耕得细致一点,好好把田里的泥拌一拌,泥拌熟了,也许就能把那暗洞给堵上。

他这么一弄,当年果真就没再漏水。第二年没事,第三年也没事。以为可以放心了,但是,到第四年,突然又漏了。于是,父亲又费很多工夫,把田细细耕过一遍。第二年没事,第三年没事,第四年却漏了。

直到现在,这田还是漏水。我们一直没找到原因。

这田,不知到底是怎么回事。

消失的田地

冬水田

田地下户时，烂田湾一个冬水田没人要，队长就把它分给我们家。父亲是个好说话的人，说给就给了。

冬水田，就是一年之中只种一季稻谷，其余时间空着，用来蓄水的田。别的田是一年种两季，麦子或油菜收了种稻谷，稻谷收了又种麦子或油菜，它倒好，种一季歇三季，两天打鱼三天晒网。要了这种田，有点吃亏。

这田泥脚很深，个矮的人踩不着底。每回耕田，父亲干脆把长裤脱去，只穿一个裤衩在田里使牛。又是一个冷水田，生水不断从地下往上冒，水温变来变去，禾苗长不好。总而言之，不好耕种，产量也不行。

不过，也有它的好处。就是随时蓄着一田水。我们村位于山梁，十年九旱，旱得凶的那一年，井里断水，田地干得起裂，禾苗死去不少，人畜饮水也难，要走三四里路，到山下的河沟里去挑。这时，这田就显出它的好来——这田里有水，地下水咕嘟咕嘟往上冒呢。

大概是分田到户的第二年吧，父亲带着我们在这田的一角挖了一个大水池。天旱时,我们一家,还有邻居三叔和二爹他们几家人,都不去河下挑水吃,靠这一池水淘菜做饭,洗衣喂牛,度过了很多艰苦的日子。

几年后,我离开村子到外面谋生,大妹二妹出嫁,家中一下少了这么些人,队里就调整了我们家的土地,这冬水田就调给别人了。听说,这回好几家争着要。结果是调到陈二贤名下。他是村里的会计。

又过了好多年,听说这田又调给了陈明海家,但是陈明海只种了两年就扔下不管了——他带着一家人到上海打工,一去四五年,直到现在也没回来。

这田就荒着了,没人耕种。田里长了不少杂草,一丛一丛的。一群鸭子在草丛里找吃的,嘎嘎叫。

听说,我们原来挖的水池还在,却被水草掩住,不留神的话,看不出来了。

也没人来这田里取水了。村里人都打了机压井。

这田就这么废了。

方田

我们家的田地中,方田有些特别。它的面积不大,形状却是中规中矩的正方形,四边差不多一样长,在二丈五至二丈九之间,四角也差不多是直角。在我们村,这种形状的田地是少有的。

这田最好耕种,使牛时直来直去,不需转弯抹角,省时省力。

有一点不好,这田在我们牛圈旁边,离房屋太近了,鸡鸭动不动要跑进去糟蹋一番,麦子熟了吃麦子,稻谷熟了吃稻谷,气死人。

我们曾在田边做了栅栏,铁桶一样围着。可是没用,鸡鸭是能飞的,它一飞就进去了,照吃不误。

在这田里种稻麦,拿母亲的话说,是把粮食口袋挂在鸡鸭的嘴边。

受着这样的糟蹋,到秋收结束一算账,产量比其他同样大小的田少了一大截。

虽然如此，也总是一块地，不能不种。种了几年，到八十年代末，我们家和三叔家都要修房，是砖木结构的瓦房，砖要自己做，瓦也是自己做。做砖做瓦，当然要用好泥，父亲和三叔选来选去，最后确定在这方田里取土。这田离家近，取土也方便。

先是踩泥。在田中挖一个大坑，把底下的生泥都挖起来，然后用水泡，用牛踩，踩熟了，就一块一块背到院坝里做成砖瓦。背了一回又一回，田里就留下一个大坑。

后来，下过一场雨，这坑成了一个水塘。

我们两家修房，又占用了这田的一部分。这田就没法再种了。

现在，这田成了一个鱼塘。养着草鱼、鲤鱼，还有鳝鱼。

屋后沙地

田地太多，取名也是一件难事，有时就偷懒，办法之一就是按田地所处的方位来命名。比如我们屋后有一块沙地，想不出啥名字好，就叫成"屋后沙地"。这地是我们家的自留地，爷爷在世时就在我们名下。

这地沙性重，不出小麦、油菜之类，种了也是白费劲。土壤又薄，两尺以下就是石板，雨水容易流失，禁不住旱。

因为这些原因，我们就不大看重它，只在地里种点花生、洋芋之类。这些都是懒庄稼，费不了多少神。

一年冬天，村里要修机耕道，路是从邻村绕进来的，在我们村后的山坡上倒了几个拐，又一个大弯绕下来，从我们屋后经过，往晒场那边去了。这一路下来，占了好些田地，有的从中划过，把地一分为二，有的是擦边而过，削去一只角。从我们屋后经过时，正好把那沙地全给占去了。队里就给我们家另划了一块地。

路修好了，是一条宽阔的路。我们村还从来没有这么宽的路。

任宪生作品

但并不是人们事先想的那样,有多少车要开进村里来。不说卡车了,连拖拉机也少来,很多时候只有人在走,还有牛在走,狗在走。鸡鸭偶尔也来走一回。路上长了草,老长。夏天一阵暴雨下来,路上冲出一道一道的水沟。

　　这地也就这么死了。

村里的秘密

微 笑 的 苹 果

村里的秘密

行走的泥土

从小到大,我都生活在我们这个村子里,到现在已经整整三十八年了。在一个地方待了这么久,不用说,我发现了很多秘密。比如夏天,在雨后的清晨,我看见阳光的丝线像植物的根须从天空垂下,并深入到土地里,我就发现,太阳之所以千万年地葳蕤茂盛,亘古不衰,原来它的根也在地下,也是土地在养育着它。又比如,路边一株草被一只羊一次又一次伤害,那草还是无怨无悔,一次又一次对羊招展她的美丽,这是为什么?不为什么,她爱那只羊。诸如此类的秘密,在我们这个古老的村子里还有很多。

今年秋天,我又发现一个秘密:村里的泥土——山上的、院子里的、田野上的、路边的,所有的泥土都在村子里不停地行走或者飞翔,像一只羊或一阵风那样。

那天,我路过一块菜地,看见地里少了一棵白菜,它下面的一窝泥土也不见了。头一天我路过这里,还见白菜们一棵一棵排列有序、密密实实地生长着,下面的泥土被遮得严严实实。但现在少了一棵白菜和一窝泥土。白菜是被连根拔走的,连着菜根的泥土也被拔走了,于是地里留下一个小碗似的泥窝。白菜不见了,肯定是主人觉得它已经长大成熟,把它带回了家。问题是,那窝泥土为什么也要跟着走呢?它们到哪儿去?——这么想的时候,我忽然记起许多以前被我们忽略的事实:村西的陈明死去之后,他生前侍弄了几十年的田地里有很多泥土也跟着去了他的坟上,不久就长一坟茂盛的草,那么好的草,让人觉得躺在土里的陈明并不寂寞。一阵风刮进村子,闲在村路上既不能长草也不能长庄稼的浮土飞扬起来,在空中行走一段路程,然后降落下来,落在稻田、玉米地或别的什么地方,过些日子,它们就长出了禾苗或野草什么的。更为常见的情形是,田野上的一些泥土不知什么时候跑到田埂上,另一些泥土又从田埂跑到地里。有些泥土原来在这块地里,不知何时又到了另一块地里。还有,一些从田野回到村子的泥土,站在人家的墙上,几十年也不挪动一下。另一些泥土走得更远,远得回不来了——它们变成瓦片,高居屋檐之上……

泥土们走来走去,到底是为了什么?

跟那棵白菜走了的一窝泥土,我能知道是为什么:它们把那棵菜从小养到大,白菜走了,它们舍不得,所以跟了去。

但别的泥土呢,为什么不能安安静静地待在那儿,总是不停地行走或者飞翔,像我们村里的人一样?

村里的人也在不停地行走,忽而离开村子,忽而又回到村子,进进出出,没个停歇。这个好理解,他们自从来到这个世界,就一直在寻找,寻找他们的位置,寻找他们的希望。几十年过去了,他们还是什么也没找到,或者找到了但不满意,所以都还在村里进进出出地忙活。

泥土们不住地行走或者飞翔,莫非也是在寻找什么?——它们在寻找些什么呢?

这是我们村里的又一个秘密,没人知道。我也不知道。

石头何时生长

我们村里的石头也怪,老也不见长。

村里到处是或大或小或圆或方的石头。这些石头一半埋在土里，一半露在地上，仿佛是多年前有人像种庄稼一样把它们种在那里。我们村里的土地都很肥沃，随便哪儿都能长庄稼、长草、长树，但是石头埋在土地里好多年了，始终不见长，当初是什么样的，现在还是什么样。

村里最年长的二爷说，石头不长，是因为石头还没有生出根来。如果石头也像一株玉米或一棵树那样有了根，在这么肥沃的土地上，石头肯定也能一天一天长高长大。

也许是这样吧。

我们猜想，石头也许是远古的祖先种下的某种植物的种子。这植物一定很奇特，是我们从来没见过的。也许，石头的种子一直在土里孕育着，准备萌芽，只是生长的季节没到，或者它们还没有孕育成熟，根还没长出来——想来，这大约是一定的，因为这么多年了，我们一直没有发现哪块石头的种子在土里烂掉。土地是有脾气的，它不愿意生长的东西，你就是种了，它也会把你的种子给烂掉。

说不定哪一天石头突然就发了芽，并且一天天生长起来，越长越大——看见遍地卧着的石头，我们常常这么想。

有一天，村里的二狗指着地上的石头问他爹：石头长大了，也结果子吗？

二狗是个十来岁的孩子，他这么一说，我们都吃了一惊：是呀，石头长大了，也结果子吗？它会结出什么样的果子呢？

野地上的稻子

我们看见一株稻子生长在稻田之外的洼地上。但我们说那不是稻子，是野草。

稻子生长在稻田之外就不是庄稼了。村里人都这么认为。可为什么呢？没人愿意说。这也是我们村里的秘密，它藏在我们人的心里。

播种的时候，总有一些种子从我们指缝间滑走，落在田地之外。撒在地里的种

任宪生作品

子,一直被我们牵挂着,而落在田地之外的种子,我们一开始就把它们忘了——谁让它们落在田地之外的野地呢。在我们看来,野地是生长杂草和荆棘的地方,成不了气候。一粒种子降落在野地,能有什么出息?

可种子不管什么野地还是庄稼地,只要落在土地上,它们就生长。当地里的种子发芽的时候,野地里的种子也生长起来了,比如洼地上的这株稻子。

但洼地上的稻子长起来也就只是长起来了,没人理会。田里的稻子,不断有人给它们除草、施肥、杀虫,长势很好。而近在咫尺的洼地里,这株稻子,它孤独地生长着,汹涌的野草淹没它,过往的行人践踏它,没人理会。

到秋天,稻田里一片丰收景象的时候,洼地上的这株稻子也挂满金黄的谷粒。可没人看见。我们看见的只是田里的稻子。

走进稻田,我们满怀喜悦地把一株一株稻子揽进怀里,然后收割、脱粒,收回家去。但没人在意野地里的稻子。空旷的田野里,它孤独地站在秋风中。

农闲了,村里许多人手握镰刀在田野上转,我们从它旁边经过,但我们只是看了它一眼,停也没停就走了。

不知什么时候,那些颗粒饱满的稻籽开始凋落,掉在地上的草丛里。后来,洼地上只剩下空空的稻草了,秋风一阵一阵从枯萎的稻叶上滑过……

就这样,我们常常把那些生长在野地里的稻子遗弃在旷野上。我们认为它们是野草。尽管它们确实是稻子,我们还是这么认为。为什么野地上的稻子不是稻子而是野草呢?——我们都知道自己心里在想些啥,但都不说。

人往往就是这样,总爱把一些事藏在心里,对谁也不说。

村里有些秘密藏在我们人的心里。

村里的手艺人

木匠

木匠陈明恩,杀猪匠朱有宝,缝纫师何秀华和陈明海,他们人住在我们村,名字却都跑到很远的地方去了。他们是村里的名人。

陈明恩的名声响得最远。因为木工活做得好,三十多岁的时候,他就声名在外了。一个人有了名气,就像某种东西有了气味,要慢慢往四周扩散。方圆五十里外的人都知道我们村有个木匠叫陈明恩,都来请他去做家具、修新房。

早些年,大集体生产的时候,村里有个木业社,陈明恩是木业社的组长,他带着一帮人一年四季在外面给别人修房子、做家具,很少在村里露面。他差不多完全脱离了生产,不像个农民。村里人都眼红他。在村里种田,脸朝黄土背朝天,跟泥巴打交道,出汗流血,累死累活,忙一天,挣到手的不过是几个记在账上的工分而已,至于粮食和现金,那得等到年终时才能见出分晓,也许是进账,也许还要倒贴呢。可是陈明恩却不要什么破工分,他天天在主人家的屋檐下做工,不吹风不淋雨不晒太阳,还成天吃香喝辣,有烟抽,有茶喝,有时还有点酒,最后还有现钱揣进口袋……当然,钱要交给队里一些,不过……反正,他家好像总是不缺钱花,他儿子梦生穿的衣服和鞋子，都是在商店买的，洋气好看。

后来包产到户，情况有了变化，农忙时，他也要回家干活了——他的名气再大，总还是米秀英的男人吧，那么他得回来帮他女人割麦子，收稻谷，挖红薯，点小麦，种油菜……但毕竟是手艺人，到底跟种田的不一样，他的手还是白净的，他穿的还是四个兜的中山装，衣服上没有泥巴点子。他在路上走，两只手背在背上，步幅不大也不小，很文雅的样子。跟人说话，先把一只手端在面前，把手指伸开，说："第一……"然后把一根指头折下来，"第二……"又折下一根。满村的人，这样整洁、有讲究的，除了他和支书陈尚前，再也找不出第三个了。就是朱有宝也不行，他一身猪肉气。

按说，村里出了个手艺好的木匠，该是"近水楼台"了，可是说句实话，本村的人要做家具，却不是首先去找陈明恩，而是悄悄跑到十里之外的张家坝去找张木匠。张木匠不得空，就到十五里外的王家沟找王木匠。如果王木匠也不得空，而这家具又是必须赶紧做的，比如给出嫁的女儿做嫁妆，日子已经定了，那么迫不得已，只好回头找陈明恩了。

但是，千万不能让他知道你先去找过别的木匠。知道了，他是死活不来的，说手里的活多，忙不过来。不来，到时候你女儿就没法嫁出去了。

怎么回事？他这人心眼小，贪心重，什么东西都往自己怀里抓……

那年夏天，我已经十二岁，该分床睡觉了，却没有床。做一张床，是小活，没必要跑老远的路去找张木匠王木匠，父亲就请陈明恩来做——他那几天正好在家里闲着。

父亲跟他达成这样的协议：工钱十元，管饭。因为同在一个村，晚上他回家住。

他用十天时间做了这架床：头两天备料，作息时间大致如此：上午九点上工，中午天热回家休息，下午三点又来，七点回家；第三天解料，作息时间依旧；第四天做了四只床腿，作息时间依旧；第五天做了两个床方，又做了两把三角形的木尺——我们奇怪，做这个干啥？（后来才晓得，给他自己做的）第六天做床架，又做了一把犁——我们又奇怪，做犁干什么？（也是给他家做的，当天就拿回去了）第七天先做了一只抽斗（他家一张桌子差个抽斗），而后开始把床组合成架；第八天，上午没来（在家里给自家编撮箕），下午来，继续前一天的工作；第九天，上午来，下午不来（在家里栽烟）；第十天，收尾完工，收取工钱。

完工当晚，母亲把父亲好一顿埋怨：为啥不请别的匠人来做？人家做一张床顶多只要五天，他倒好，拖拖拖，整整十天，我多费好多米面，还有肉和油；这且不说，还用我们的木料做抽斗，做木尺，还做犁头，然后大摇大摆拿回他家，哼……我们吃了多大的亏！

我也觉得亏，说应该找张木匠王木匠来做。父亲看我们都怨他，就发脾气："老子以后不找他就算了，说说说，吵死个人！"

我们家就再没请陈明恩做过木工活。

后来我们才知道，除非迫不得已，村里别的人家也不请陈明恩去做活。他们是不是也遇到过我们这样的事，没问，也没人说起——这个可以理解，大家住一个村，少说是非为好。

陈明恩就主要在外面做手艺。

他是我们村的手艺人，但他的手艺是做给外村人的。

我们给外村人养了个木匠。

杀猪匠

上个世纪七十年代末八十年代初，最为风光的还是杀猪匠朱有宝。他让我们有肉吃。那个年代，有肉吃就是神仙过的日子了。

朱有宝背着各式各样的刀具，穿着一身油光发亮的衣服从村路上走过，凡是看见他的人，哪怕相距半里远，也要赶紧停下手中的活，往前走两步，热情地喊一声："朱屠夫，又到哪里去杀猪？"好像这么问一声就有望吃到猪肉。可是朱有宝呢，斜眼一看，嘴里"哦哦"淡淡应着，继续走他的路。这种话他听了几十年，懒得答理。问的人就有些丧气,好像到嘴的肉又丢了。

村里的小孩都怕朱有宝。比如,一个孩子因为一个什么事,正在哇哇大哭,忽然有人吓唬一句:朱屠夫来了!哭声立即就断了,一边慌里慌张四处张望,一边赶紧往大人怀里钻。我小时候就是这样的。

之所以怕他,是因为他是村里第一个敢杀生的人。他把一条活蹦乱跳的猪按在那儿,一刀捅进它的喉咙,一股血就喷出来,那猪先还四脚乱踢,尖声号叫,慢慢就没声音了,不动了,死了。他杀猪的时候,我们跑到老远的地方,想看,又不敢看,心里咚咚乱跳。他却很平静,啥事也没有的样子。

他的刀也是叫人胆寒的。刀尖上闪着几道冷冷的光,这光闪进猪的喉咙,从喉咙里退出来了还在闪。他背篓里的杀猪刀不止一把,大的小的,长的短的,很多,都在闪光,闪得乱七八糟的,叫人心里害怕。

朱有宝杀了猪要带走猪毛,带走猪尿包,还要带走一个什么内脏——据说,这是杀猪匠们的规矩。此外,他还要在主人家吃一顿饭,喝半壶酒。端上桌的炒肉就是从刚刚死去的猪身上割下来的。酒酣耳热之际,主人带着讨好的笑和乞求的语气对他说:"朱屠夫,你把软边给我蓄好点,硬边……"硬边是卖给国家的,少卖点何妨,软边是留给自家吃的,多留点才好。

"晓得。"朱屠夫口里吐出这么两个字,滋儿一声,把一杯酒干了。吃饱喝足之后,他果然手下留情,按主人的意思办。

当然,你如果是个吝啬鬼,连个猪尿包也舍不得让他拿走,桌上的酒水也不充足,那就不好办了,他的刀子一偏,好肉就要卖到市场上让别人吃,你自己留下的,孬肉肯定就要多一些了。

朱屠夫的刀是长了眼睛的。解肉的时候,主人叫砍一块五斤的肉,他一刀下来,拿秤一称,不多不少,正好五斤。当然,他会偶尔失手。比如,你跟他交情好,他砍下来的肉,要把秤杆压得翘起来,实际上是五斤多一点;如果你背地里骂过他而他又听见了,那秤杆就要往下沉,实际上不足五斤。

说朱屠夫在外面有情人,怕是没人相信。朱屠夫身上经常散发着一股生猪肉的

任宪生作品

气味,让人恶心,哪个女人愿意做他的情人呢?现在不缺猪肉,这么说有道理,但在那个年代,如果一个人身上成天散发着猪肉的气息,手上、头发上粘满猪油,那该是多么幸福的事,难道还有人讨厌这种气味?羡慕还来不及呢……

朱屠夫真的有情人,而且不止一个。某某是,某某是,某某也是……现在她们都还在村里活得好好的,就不说了吧。

算一算,那是三十多年前的事了。三十多年前就有情人,这是很超前的。那时,我们村有资格有情人的,除了支书陈尚前,也就只有屠夫朱有宝了。那时朱有宝不光杀猪,还兼有卖肉的任务,你给他五两肉票,他给你割五两肉。但割骨头还是割肉,割肥肉还是割瘦肉,那是他的权力,支书陈尚前也没办法。那些想要好肉的女人,就跟朱有宝有了很深的交情。当然,那是背地里的事,外人并不知道。

等到外人知道的时候,已经是八十年代中后期了,这时候,在城市,情人已如春天的野花,遍地都是了。此时,朱屠夫却不要情人了,跟那几个女人断了往来。不是朱有宝不愿意要,而是那些女人不同意。她们是有理由的:市场上到处是猪肉,想买什么买什么,想买多少买多少,还用找朱有宝吗?用不着了。

两个缝纫师

那时,村里有两个缝纫师,一个男的,住上湾里,就是陈明海,一个女的,住下湾里,就是何秀华。

何秀华是队长王明桂的女人。早先,她跟大家一起做农活。但她是一个对生活有很高要求的人,她向往的是:“不下地做活,又有吃有穿,那就好了。”这是痴人说梦,很难做到。可是她有办法,称自己有病,干不得体力活。于是就不下地吃苦受累了,在家养病。队长的女人,想做啥都是可以的。其实,她是装病。“病”了两年,她自己也觉得老这样不好,就找师傅学习缝制衣服的手艺。学会了,她把缝纫机安在窗子下面,天天坐在那里把机子踩得嗒嗒直响,踩得机头上的轮子飞快地转。她一边踩机子,一边看窗外——窗外的田坝里有很多人戴着草帽在栽秧,还能听见人们说话,一个女人说:"哎呀,我的腰杆要断了。"就见她直起身来,把手里的泥水甩了甩,去揉她酸痛的腰。何裁缝在窗子里看了,抿嘴笑。

她过上了向往中的好日子。不受风吹日晒,手不粘泥,脚不踩水,安逸得很。她不挣工分,只收工钱,不仅不饿肚子,还比别人吃得好、穿得好、耍得好。半年下来,她脸面白净,皮肤细腻,像一个油光水滑的城里人。

但是,她的幸福生活很快就结束了。第二年夏天的一个夜里,不知什么原因,王明桂把她按在床上一顿狠揍,揍得真的病倒了,躺在床上三天起不来。一周之后,她才出门,这时我们看见她变了个人似的,瘦了,皮肤也一下苍老了许多。好像病得不轻。我们以为她真的不能干力气活了,可是有一天,她绾起裤子下田栽秧来了。

过了很久,才有人悄悄说:她吃饱了没事做,跟村支书要到床上去了……原来是这样,当然该挨揍了。

从此,她又天天做农活了。那缝纫机放在屋角不动,慢慢就生了锈。

这样,村里就只剩一个缝纫师陈明海了。当初,陈明海的想法跟何秀华一样,也是不想吃苦才学了这门手艺的。可是一个小小的村庄有两个缝纫师,他很多时候没活干,挣不了几个钱——何秀华是队长的女人,人们先要照顾她的生意——一个大男人,得养家啊,还得去地里做活挣工分才行。后来何秀华不做缝纫师了,他的活儿才多起来,于是,他丢开农活,也成天坐在家里把机子踩得嗒嗒直响,踩得机头上的轮子飞快地转。

他的脸白净起来,也细皮嫩肉了。他也过上了向往中的好日子。

他家床上、椅子上堆满了各式各样的布料。他坐在一堆花花绿绿的布料里,就像神仙坐在云彩上。

全村的人都找他做衣服,他很忙。慢慢的,他成了一个有脾气的人。村里有脾气的人并不多,以前只是支书陈尚前和杀猪匠朱有宝可以随便对人发脾气,现在,缝纫师陈明海也可以这样了。他看人,眼睛斜着扫那么一下,叫人摸不着深浅。跟他关系不好的人拿着布料去,他开始不想接,要说一阵好话才勉强收下。

多久才能做好？——你希望他早点把衣服做好，这么问一声。他听了，半天不说话，而且，脸色有点不好。当然，如果你在给他布料的同时，还带去几个鸡蛋或者半碗红枣，他就会笑起来，说："两天吧，两天后你来拿。"

这样的好日子，他过了四五年，后来，生产队忽然解散了，田地分到各家各户。队长王明桂下地干活了，支书陈尚前也下地干活了，而陈明海呢，他扭扭捏捏的，手里拿着锄头，但没心思做事，还在四处张望，好像在看风向是不是会变。

又过了两年，再没人找他做衣服了。不是他的手艺不好，也不是嫌他脾气不好，是风气变了——村里没人自己买布做衣服了，都去街上买现成的穿。

他只好卷起裤腿，到田里挖地，往地里背粪……他的缝纫机放在屋角，也生了锈。

三脚湾的日常生活

早点起来去抢水

天才麻麻亮,我一个激灵醒过来,衣服也没顾得穿,套上裤子就去灶屋找桶,挑起水桶就往门外跑。

出门一看,还是晚了一步,陈仕国、陈明朗他们已经挑着水桶走到晒场去了。他们还穿了衣服,我是光溜溜一身肉。

我加快步子,想赶上他们。

等我走到晒场的时候,陈仕国他们没影了,已经下沟去了。我回头看了看,还好,我不是顶晚的,陈明海、张翠花挑着水桶才刚出门呢。麻乎麻乎中,陈明海也是光溜溜一身肉,肯定跟我一样,来不及穿衣服就出了门。

我把步子又加快了点。

我们去抢水。

这段时间天旱,村里的几口井都不出水了。没水吃,这日子还怎么过? 所以这些日子,我们早上一睁眼想到的第一件事,就是去抢水。

水在山下,是一股山泉,一年四季水流不断,很凉,但就只麻线那么一股,全村几十家人都到那儿取水,就供不应求了,去晚了得等老半天。

走到沟口时,我又回头看了一眼,见更多挑着桶的人在往村外走。有人发起小跑,两只木桶一甩一甩吱嘎吱嘎响。

我也跑起来。

我看见我家的鸡在吃人家的稻谷

我站在屋檐下看天,结果一眼就看见我们家的鸡,有十多只吧,它们在陈明春家的稻田边排成一条线,正伸长脖子兴致勃勃地吃那些挂在禾苗上的稻谷。

我假装没看见,赶快进屋拿上一把镰刀到后山割猪草去了。

我心里高兴,想,好,你们多吃,快吃。他的稻子已经熟了,穗子吊得那样长,颗粒那样大,一串一串的,那就是让你们吃的。你们吃,吃了好长肉,好下蛋。

我不怕哪个说我,我有我的理由。有一回,我记得很清楚,是去年春天,他陈明春的牛把我们种在窑岭上的麦苗吃了,麦苗才七八寸高,嫩得流水,他的牛吃得多安逸呀,肚子胀得像一面鼓。狗日的真气人。更气人的是,陈明春那时正在离麦地不远的地方挖地,他抬了一下头,明明看见他的牛在吃我家的麦苗,可他装做一点不晓得的样子,又埋头在那儿撅着屁股吭哧吭哧挖,一直等到有人吼起来(是陈义贤,他那天在窑岭上挑水灌菜),才惊惊诧诧地往麦地跑。这时候跑去顶个屁用,半个田的麦苗都吃掉了……哼,假装没看见!

现在我的鸡在吃他的稻谷了,嘿嘿,我也没看见——陈明春,对不起了,我没看见。

我在后山割猪草的时候,心里还在想我家那些鸡,它们可能还在吃吧?没关系,你们吃,尽管吃,我没看见。

我心里真高兴。

听两个女人吵架

吃早饭的时候,陈仕文的女人刘菊英和陈仕江的女人李秀莲突然吵起来了。我们都端着碗到自己的院坝里吃饭,好听她们吵架。这家那家,有的站着,有的蹲着,男女老少都在听。

听人吵架,算是我们的一个娱乐。成天是干活、干活,这日子一潭死水后面还是一潭死水,好没趣味。有人吵架了,把波澜不惊的日子搅它一搅,大家也好在沉闷中透透气,能从中取点乐子,好。

两个女人先是起兴式地对骂。这有点像唱歌,先是过门,造势的。两人隔着一根田坎,刘菊英一拍大腿,唾沫在阳光里亮晶晶地飞了起来:"我把你个短嫩巅巅的……"李秀莲也拍大腿,也把唾沫弄得四处横飞:"你个短命的嫩秧秧呀……"我听了几句,就看出这回还是刘菊英占优势,她的过门唱得气势足,声音洪亮,简洁明快,三五两句就压住了李秀莲。

接下来进入正题。刘菊英憋足劲,把声音高高地吊起来,然后像扔石头那样砸过去:"个烂货,凭啥砍我山上的柴!……"李秀莲一耸身子,把又细又尖的嗓音弄成一支箭的样子,朝对方射过去:"烂婆娘哟,山是我的山,柴是我的柴,想砍就砍……"一个说,放屁放屁,那是我的山我的柴呀……一个说,乱砍滥伐,你不要脸……

以为有别的什么事呢,原来还是为砍柴。这就没多少听头了。大家好像松了一口气。有人碗里没饭了,回屋舀饭去了。当然,舀了饭还要回来接着听。有听的总比没听的好。

陈仕文和陈仕江两家的自留山挨在一块,自留山好像是一九八三年分到各家各户的,最初几年还相安无事,各看各的山,各砍各的柴,日子久了,问题就来了:搞不清边界了。你说应该以某棵松树为界,他说应该以某块石头为界,争来争去,就吵起来。吵一两年了。

两家山林的边界到底该在哪儿,我们外人是说不清的,所以没法评判。但就吵架这个事而言,大家是有过议论的。有人认为,她们吵一吵是对的,吵一吵会把不明白的事情弄明白。也有人说，争这个有啥意思，不过是几棵树几根草，多大的事？多数人是无所谓的态度，像毛泽东说的，事不关己，高高挂起。

我呢，我跟陈仕江打了干亲家，关系要近些，所以心里是偏向李秀莲的，她今天处于劣势，我心里很同情她。对刘菊英自然就不大感冒，她把李秀莲骂得太厉害了。但这种时候我怎么好把心里的偏向表示出来？听说刘菊英在背后瞎议论，说我和李秀莲怎么怎么的……所以，我不能站出来说什么。不声不响是上策。她们吵架的时候，我一边吃饭一边听，把她们的吵骂当下饭菜。她们吵结束，我的饭也就吃结束了。

村里安静下来。都各忙各的事去了。

我丢下碗去桑树坪耕地。在堰塘口碰上陈明朗，他笑嘻嘻地说："今天又看了一场热闹。可惜，陈仕文和陈仕江今天都没有站出来。陈仕江是个软包，他一直待在屋里没出门。"他说的是事实，陈仕文和陈仕江的确没出面，但他陈明朗这么说是什么意思？——哦，对了，他跟陈仕江打过架，是冤家对头，他一直希望陈仕江出点什么事。如果今天陈仕江站出来说什么，陈仕文也就会站出来，那样的话，事情就复杂了。

"哦，哦。"我耕地去了。

一地鸡毛

午饭之后，太阳还有些厉害，村里人都在家里等着，等太阳偏西了才上坡。但是，干等着也不习惯，就找些事干，扫地呀，搓草绳呀，整理农具呀。我在屋里屋外转了几个圈子，也找到一样活：修板凳。不知怎么回事，我们家的板凳老是坏腿，六根板凳就有四根腿有毛病，不是松了，就是断了，不知情况的，一屁股坐下去，准要放倒在地。连我都上过几回当。现在就趁空修一修吧。

我找了些铁皮、钉子，用锤子在屋檐下敲打起来。对门的陈志贤也没闲着，坐在他家屋门口编背篓。我们各干各的，偶尔互相瞥那么一眼，没有说话。天太热了，不想说什么。

任宪生作品

我才敲打了四五下，身上的汗就出来了。这个季节的黑冒子最多，见你正忙，都跑来围着你，一个劲地往身上凑，逮空就叮你一口。我在敲打之余，还要腾出泥污的手揩汗、拍黑冒子，弄得身上灰不拉遢的。

"呵呀！——"突然传来一声呵叱，吓人一跳。是陈志贤在吼鸡，它们正在吃他晒在院坝里的苞谷，这一吼，鸡都齐扑扑飞起来，弄得尘土四扬，鸡毛乱飞。

我修好一条板凳，准备歇歇再修，刚在门槛上坐下来，突然听见我们家里的狗尖叫一声，像挨了一刀。原来是母亲过路时踩了它的尾巴。这家伙老爱睡在我们过路的地方，也是活该。可是它这一叫，又弄出我一身汗。热天我容易出汗，我怕过热天。我气就大了，走进去踹它一脚，把它踹出屋外。

又回来坐在门槛上歇着。安静了没三分钟，大院子那边又传来小孩的哭声。是李菊花在打她的女儿秋菊，她边打边骂，听起来是秋菊前几天在坡上割草时把镰刀弄丢了，现在才发现。

这时，不知从哪里飘来一股臭气。是猪圈里那种臭气。村里到处是猪圈，不知是从哪里飘来的。

我心里一下子烦起来。

我决定不修板凳了。不想干事了。

我就在那儿空坐着。

大家都在睡觉

我到陈仕强家去找竹子，打算回来编一个篮子。父亲要我编的，说是用来放干货。

陈仕强光着身子，只穿了一个花裤衩，正在床上四仰八叉地睡觉，睡得口水流到下巴上也不晓得揩。他眯着眼看了我一下说，这么热的天，还编个啥篮子，睡觉多好，你回去睡觉，以后慢慢编。说完他翻了一个身，脸朝墙那边继续睡。

我昨晚睡好了,现在不想睡。我说,那你睡吧,我自己去你竹林里砍两根竹子就行了。

我打算走了,他把身子又翻过来,睁了一下眼,说,你自己看看外面,太阳多凶,路都晒得要起火了,你还走这么远的路(不过是隔几根田坎而已),跑到我这里找竹子,真是不怕热。他闭上眼睛,手在下身搓来搓去,搓了两下,那个地方就冒起一大坨。

是热,热死人。我拿巴掌往脸上扇风。有一小股热风在脸上一拂一拂的,更热。"那你让我去砍两根?我来都来了。"

他又睁了一下眼,有点生气的样子,说,你这个人也是,现在村里哪个不在睡觉?刚才我到陈明朗家,到陈仕文家,到陈义贤家,人家都在睡觉,我才跑回来睡的。你也回去睡觉,睡在床上才舒服。你走吧,竹子以后再说。

他一身肥肉摊在床上,松垮垮的,还有汗水往外冒。我好像闻到一种熟肉的气味,有点反胃,就退到门口,想吹吹风。可是没有风,还是一股熟肉的气味。

我心里突然窜起一股火。狗日的,就晓得睡,睡在那里像条死猪,老子才不想看呢,老子回家啦。

我只好空手往回走。

我回家一看,父亲也在床上睡觉。哼,那还有啥说的。我两把就脱光身子跳到床上去了。睡下不久,汗水从四面八方往外流,一股一股的,很快就把席子湿透了。汗水泡着,就像泡在水里一样,我一睡就睡着了。

看陈仁贤打狗

天快黑的时候,我收工往家里走,刚到村口,就看见陈仁贤手里举着一个石头,嘴里叫骂着,像个疯子一样在田坝里奔来窜去。他的两个衣襟在风里飘呀飘的。

"狗日的,它昨天跑到我屋里偷吃剩饭,今天又跑来吃鸡蛋,不打死你,我不是人……"我这才看见距他两丈远的地方,还有一条狗也在狂奔乱跑。原来他在追狗。他跑得差不多跟狗一样快。他和狗像射出去的两支箭,在田坝里飞。

"哦呵呵——哦呵呵——"一些人挑着桶或者背着背篼站在路上看,起哄。我也站下来看。我觉得这场面很笑人。

是一条大黄狗,陈仕言家的。它在前面拼命跑,陈仁贤在后面拼命追。给人的感觉是,狗是一个长跑教练,在领着陈仁贤跑。

狗快得真是在飞。它飞过两根田坎,窜过陈志贤的院坝,要朝岭上奔去。陈仁贤开头还行,慢慢就落后了,他手里的石头是随时准备甩出去的,但是一直没有追到合适的距离,甩不掉。他只好举着石头跑。

"呵呵——快呀,跑过岭啦。"看热闹的人多起来,都笑逐颜开地给他鼓劲。

陈仁贤的女人李菊花却很不高兴,她站在她家院坝边大声叱骂:"陈仁贤你饭胀饱了? 真是没名堂,它吃都吃了,还能追回来? 像个疯子样,叫人看笑话!"

"不打死它,不是人……"陈仁贤的态度却很坚决。

"是,打。"看热闹的觉得后面还有热闹可看,更来了精神。

可是遗憾得很,陈仁贤这时突然摔了一个跟头。大约摔得有点重,半天没能起来。待他爬起来时,狗已经翻过岭去了。

陈仁贤手里的石头在摔倒时没有了,他爬起来时,顺手抓了一块泥巴,又往地下一摔:"狗日的跑得快!"他抖了抖身上的土,一喘一喘朝家里走。

热闹忽然就没有了。看热闹的慢慢散了。我也回家去。

某个夜晚的三件事

一

事情发生在一个平常的夜晚。

这天晚上，我们收工回家之后，把农具收进屋，把鸡鸭关进圈，吃过饭，洗了锅碗，接着就是洗脸洗脚，上床睡觉。不到十点，村庄就在人畜的鼾声中安然睡去，一直睡到第二天早上。

这样的夜晚跟以前的许多夜晚没有什么差别，跟以后的若干夜晚也没什么不同。这是一个很平常的夜晚。

可是，一些不平常的事就在这样一个平常的夜晚发生了。

二

为便于讲述，我把这天晚上发生的几件事排了一下顺序。这些事虽然几乎同时发生，但它们各自独立，互不关联，这给我任意排序提供了方便。

首先讲述的是一个偷情的故事。当事人是朱大学和米翠花。这天晚上,我们进入梦乡之后,他们在偷情。就是说,这件事发生的时候,除了他俩,没有任何人知道。这是一个秘密。后面你将知道,这个秘密一直保守了整整六年,六年之后才突然被揭开——这是后话,暂且不说。

这件事,根据后来的推测,大约发生在子时。

事情的过程很简单。十一点之后,更深人静,朱大学神不知鬼不觉地摸到了米翠花床上。他们两家住在同一个院子——那是一个四合院,是我们村至今唯一保存完好的四合院。朱大学住在院子的西边,米翠花住在院子的南边,两家,或者说他们两人的床之间,仅仅隔着一个十多米宽的院坝而已。朱大学要摸到米翠花的床上去,那是再简单不过的事。

有必要交代一下:这天晚上,米翠花的男人朱日亮不在家,朱大学的女人周密也不在家。至于他们到底为什么不在家,在当时,我们可能知道,但现在,已经过去这么些年,谁也记不起来了。

还有,到底朱大学是怎样摸到朱日亮家去的,也只有他本人清楚了。我们只能做这样的猜测:他可能是直接穿过院坝,径直从自家的门走进朱日亮家的门,然后到达米翠花的怀抱,这是最便捷的途径;也可能是从他家后门出去,在外面绕一个圈子,尔后又从米翠花家的后门摸进屋去……

不管他是如何进去的,反正,一个天大的秘密就这么轻而易举地发生了。

他们把事情做得很机密。他们以为没人知道。的确,除了他俩,当时村里没有任何人知道。

但是,他们没想到,这件事留下了一个后果,它最终暴露了他们的秘密。

这个后果是:九个月之后,米翠花生了一个儿子。

这个儿子是朱大学的血脉。

但是当时,我们以为这是朱日亮的血脉。我们没有怀疑什么,也不可能怀疑什么——米翠花是女人,是朱日亮的女人,她生一个孩子有什么可奇怪的?在生下这个儿子之前,他们已经有一个女儿,朱日亮曾经宣称,还要生下一个儿子才行,现在,他

微
笑
的
苹
果

们把这个儿子生下来了,这不是很自然的事吗?

而且,朱日亮也认为这是他的儿子。他高兴得不得了呢。

如此,事情的真相暂时被掩盖下来了。

到第六年,也就是今年,米翠花的儿子树根长大了,他五岁多了。今年初夏的一天,我们在桑树坪修一条机耕道,这条机耕道是从乡上通到我们村的,修通了,我们就可以用车子代替人力把化肥、稻谷之类的东西运进运出,再不用肩挑背磨了。我们都很高兴。那天,村里一群孩子凑热闹,也跑到桑树坪来玩,树根也在其中。我们一边干活,一边逗孩子玩。陈乾坤忽然说了一句话:"你们看,树根很像一个人,他像朱大学。"这句话引起了大家的注意,都把目光投向树根,在他身上看来看去。这天,米翠花和她男人、朱大学和他女人正巧都不在场,大家无所顾忌地议论起来。议论中,有人在悄悄说一件事:朱日亮不在家的时候,朱大学老往米翠花家里跑、朱大学帮米翠花砍柴、挑水,朱大学对树根好得不得了……议论来议论去,大家的意思是:朱大学和米翠花的关系非同寻常。但谁也没把这意思说出来,大家说的是:树根的确长得跟朱大学相象,那鼻子、眼睛、脸盘,跟朱大学太像了,简直是个小朱大学。

接下来的事情是这样:十几天后的一个晚上,我们正准备睡觉,朱日亮家里突然响起一阵女人的尖叫,这叫声如一把尖刀,划破夜色,远远地飞过来,插进我们每一个人的耳朵,弄得全村人心惊胆战。随后,我们以为应该是号啕大哭,要死要活的那种哭,结果没有,只是忍气吞声的低泣,之后,无声无息了。

我们很快就明白过来,一定是朱日亮听到了人们的议论,他在收拾他老婆米翠花。米翠花可能真的做了不光彩的事。她做出这种不光彩的事,挨了揍当然只有忍受了,哪还有脸要死要活地哭呢。

不久,一个消息在村里悄悄传开了:跟米翠花、朱大学他们同住一个院子的陈仁义在某个场合跟人说,六年前的那个晚上,他起来解小便,正好看见一个人偷偷摸摸从米翠花家的后门进去了,那个人是朱大学;朱大学进米翠花家时,身上穿的是白衬衣。于是,我们就知道六年前那个晚上发生的事情了。这个保守了六年的秘密就这样揭开了。

我讲完了。全部事情就是这样。

这件事之所以值得记录，一是，朱日亮继承人的血脉在一夜之间被改变了，改变得那样彻底，改变得那样无声无息、轻而易举。二是，朱日亮跟朱大学成了仇人，他们一见面就要打架；朱日亮动不动就打米翠花，打得头破血流。朱日亮那个家弄得不像个家了。

对树根来说，这也是一件大事。现在他还小，我们有点担心，树根长大了，他知道他不是朱日亮的儿子，会不会发生什么事呢？

六年前的那个晚上啊……

三

这天晚上，村里还有一件事值得说说。

这是一个未能就遂的事件。它差点就成为事实，但在发展过程中，它忽然自行中止了。这件事如果发生，将改写当事人一生的历史。它的自行中止，挽救了他本人，也挽救了我们村的声誉。

当事人是住在村子东边的陈朝阳。

大约在朱大学打开他家的房门，正往米翠花家摸去的时候，陈朝阳也鬼鬼祟祟出了他家的院坝，蹑手蹑脚朝村西的桑园坝走去。他要去偷朱大志的玉米。

若干年之后，陈朝阳对我讲这事的时候说，这天晚上去偷朱大志的玉米，是他几天前就预谋好的。

他为什么要去偷朱大志的玉米呢？他怕挨饿。

因为天旱，这年我们的庄稼都长得很不好，田里的稻子像枯草，地里的蔬菜还没长起来就黄了叶子，很多人连一顿饱饭都吃不上，陈朝阳家就是这样。但是并非所有人都如此，朱大志家就不担心弄不到吃的。因为他在桑园坝种的玉米长得好。桑园坝

任宪生作品

地势低洼,土壤湿润,年年种玉米年年丰收。

饥寒起盗心,陈朝阳就去偷朱大志的玉米了。

那天晚上,知道这件事的,只有陈朝阳家的狗。因为陈朝阳出门时,它也跟去了。

陈朝阳是第一次干这种事,路上,他觉得有点心虚,走路不像平时那样顺溜,磕磕绊绊的。但是他和他的狗还是悄无声息出了村,绕过村西那一片坟地,很快就到了桑园坝,再走一段,就是朱大志的玉米地了。那些长得又粗又长的玉米棒子就要到手了。

但是,陈朝阳忽然在朱大志的玉米地边停了下来。他站在那儿等了大约三分钟。他在侧耳倾听。狗也停了下来,也在侧耳倾听。他们听见有什么声音从村子那边传过来,好像是开门的声音。这个时候开门干什么呢?会不会是谁发现了他?……陈朝阳心里有点发抖。他蹲在地上喘气。三分钟之后,他转身往回走。他一个玉米也没偷就回去了。

回家之后,他很快上了床,又接着睡觉。

朱大志的玉米一个没少。没人知道陈朝阳曾经要偷他家的玉米。

那条狗虽然知道,但它是陈朝阳养的狗,它不会向任何人透露。

前面说过,我是多年后才知道的,是陈朝阳告诉的。这时候,这件事已经成为他教育儿子的活教材,他可以向任何人说了。

这件事我之所以要记录下来,是因为它从另外一个角度改变了一个人。这个人就是陈朝阳。

陈朝阳那年二十三岁。此前他没有偷窃之类不良记录,此后,他在我们村是一个品行端正、口碑极佳的人。对他来说,这天晚上是重要的。这天晚上他明白了这样一个道理:不要认为只有自己才是清醒的,实际上,任何时候,天地间有很多眼睛在看着,有很多耳朵在听着,所以我们要有所警醒,有所畏惧……

他的道理是对的。我认为。

四

这天晚上发生的第三件事也不可小看。这天晚上下了一场小雨。

这件事我们第二天早上就知道了。早上开门看见地皮湿润,树叶和草尖上挂着细小的水珠,我们就明白,昨天晚上下了一场雨。

可是奇怪,这个季节的雨竟然下得如此无声无息!这场雨究竟是什么时候开始下起来的?不清楚。我们睡着了。

这场雨下得好啊。老天好久没给我们下一滴雨了,地里已经起了裂,禾苗的叶子已经打卷,再不下雨,我们简直没办法了。

老天在我们酣睡的时候悄悄下了一场雨。大家的精神一下振作起来,都朝田坝跑去。去看湿润的地皮,看禾苗湿润的叶子。去感受清爽的空气,感受心情的舒畅。

这场雨抑制了长久以来肆无忌惮的暑气,让我们的村庄在这天早上突然恢复了生机,让我们看到了希望。我们觉得有救了。

这天早上,仿佛是我们村的节日。

更让我们兴奋的是,这场雨仅是一个引子,它在中途停顿了一下,上午九点多又接着下了起来。

在满心的喜悦和兴奋中,我们赶紧上坡,甩开膀子在地里忙碌,挖水沟,筑堰渠,理池塘。

我们一边干活一边抬头看天。雨越下越大。眼见这场小雨就要下成大雨了。

当我们把这些迎接雨水的所有准备工作完成之后,中午,一场贯穿整个大地的瓢泼大雨果然来了。

土地因此得救,庄稼因此得救,我们因此得救。我们枯萎的村子又鲜活起来了。

一场可喜的小雨啊,它是上天派来的使者,它给我们带来了那么多幸福的雨水。

我们衷心感谢它。

神秘的村庄

满村都是鬼

我们成天疯玩。三个一群五个一伙满村乱跑,打仗,抓特务,藏猫猫……这么玩了几年,把村子的角角落落都跑遍了。那时,我们觉得村里所有东西我们都熟悉,比如,路上哪堆牛粪是哪家的牛拉的,田野里哪块泥土什么时候被人挖过,二娃家的猪为啥不吃食,丑牛他爹娘为啥要在半夜打架……总而言之,随便哪样,我们闭着眼也能说得清清楚楚,决不含糊。

可是后来,我们一天天长大,很多事反倒弄不明白了。比如,朱文方家是地主成分,他们一家人从来没大声说过话,可是现在怪了,他的女人胆子大起来,想骂谁就骂谁了,大人警告我们不要惹她,免得队长不高兴——队长跟她有什么关系?他凭什么不高兴?——弄不明白。还有吃饭,村里人大白天吃饭从来是开着门的,有的还到院坝里站着吃,可是有一阵,三娃他们家一到吃饭时就关门,生怕外人看见——难道他们在吃猪肉?有肉吃当然是好事,吃就吃嘛,关门干啥?……再说鬼吧,有一天,大人忽然说村里有鬼——鬼是什么东西,什么时候到村里来的?我们也不明白。

关于鬼的事我得详细说说。有一次,那是白天,我和二娃他们几个跑到村子下面的洞子岩耍了半天。那个山洞有几间房子那样大,石壁上有烟熏火燎的痕迹,看样子以前有人在里面住过。那时我们是这样想的,村里所有地方我们都玩过了,该找个新的地方了,这里不错,有石头砌的矮墙,还有夹道,是个打仗、"抓特务"的好地方。我们很高兴,把洞里怪模怪样的烂骨头(后来知道那是死人骨头)扔到洞外树林里,把垮塌的墙垒好,还把地扫了扫,准备把玩乐的场所搬到这里。

可是回家之后,我们挨了一顿饱打。大人都一脸惊骇:那地方敢去?那是丢死人的地方,有鬼!……父亲用黄荆条在我身上抽了几下,一脸凶狠地警告:莫看他们死了,会变成鬼爬起来四处乱窜;鬼是没有形状的,他们千变万化,来去无踪;鬼是吃人的,喝血,啃骨头……有鬼藏在我们村子,而且这样凶险,我们听了,腿都有点发抖。

也巧,不久,村里死了两个人。他们死得非常奇怪。先是陈仕文他爹死了。一天傍晚,他爹从外面背回一背草倒在牛圈门口,然后进屋去了。当时有四五个人坐在陈仕文家院坝里摆龙门阵,也看见他进屋了。但吃晚饭时,陈仕文发现他爹并不在家,四处找,才见他在岭上割草。那时月亮都出来了,他还在割草。陈仕文问他爹:你不是回家了吗,咋还在这里?他爹说,回家?我一直在这里割草嘛,哪也没去。人们就觉得奇怪。结果第三天,他爹突然得病死了。事后有人说,其实那天傍晚就有鬼魂附在他身上了,回家的是他的魂魄,灵肉都分离了,他不死才怪……

朱大明的死也是怪事。秋天的一个黄昏,朱大明在屋檐下坐着,坐了一阵,他忽然跟他女人说,有人叫我去吃饭,还有酒喝,我走了。朱大明喜欢喝酒。他女人在屋里扫地,没理他。到深夜,该睡觉了,还不见朱大明回来,他女人一路骂着一路去找,问了几家都不见,就惊动了好些人,都帮着找。最后当然找着了,但已经死了——他在自家屋后竹林里躺着,嘴里塞满了谷糠。村里人就说,这么晚了还有哪个喊他吃什么饭,明摆着是鬼在作怪,鬼把他叫出去的,然后弄死……

居然有这么多鬼在我们村里暗中活动!——我们一下感到我们这个村子的神秘,神秘得可怕。

不敢再去山洞了。就是路过那里也不敢出声,三步两跳地跑,生怕鬼们追上来捏住后颈窝,提到洞里吃了你……

以前,我们常去坟地里割草放牛,那里的草好。现在不敢去了。听说,所有的鬼都住在那些隆起的土包里,晚上或者人少的时候,它们会出来。

晚上不敢一个人在路上走。就是几个人同路,只要有人吼一声"鬼来了",一群人就屁股着了火一样,撒腿就跑,跑在最后的那个吓得大哭……

就是在自己家里,也怕。晚上,一家人坐在院坝里摆龙门阵,我和弟弟一定要挤到人群中间才放心。大人说了些什么,我们一句没听,只顾东张西望。我们疑心院坝边的柳树下藏着什么,怎么一团黑?还动来动去的,会不会有鬼?牛圈那边好像藏着一个什么……终于到了睡觉的时间,我们跳起来,抢先往屋里跑,但是到了门口又停住,等大人先进去——屋里黑洞洞的,会不会藏着鬼?

最怕的还是死人。一个人死了,村里就又多一个鬼。村里已经有很多鬼了,再添一个,嗨……

斑鸠知道的秘密

后来上学读书,老师说:世上没鬼。

我们愿意相信这种说法。但是,村里不断发生一些稀奇古怪的事,我们搞不懂怎么会是那样,大人也不能解释,我们就还是疑心:村里可能还是有鬼,它们在背后作怪。

有一年,是秋天的早上,父亲和母亲去地里栽菜,我一个人在家扫地。那时候,扫地、放牛这些活是我包了的。

这天早上跟往常没什么不同,鸟在房前的树上叫,一条狗从我们院坝边走过,一个人挑着水桶跟在狗的后面,也从我们院坝边走过。我先扫堂屋,然后扫我和弟弟睡的那间屋,接下来就扫灶房。扫到灶房门口的时候,意外的事发生了:一团灰不拉遢的东西突然撞在扫帚上。那时我正打算扫去贴在门槛上的一块泥,我估计那块泥黏得紧,不用点劲是扫不掉的,就用力把扫帚扬起来,呼地一下扇下去——就在扫帚往下扇时,那个灰不拉遢的东西撞上来了。噗的一声,我觉得手里的扫帚给挡了一下,接着就见一个东西掉在地上。我一看,是一只斑鸠,灰色的斑鸠。它怎么撞在我的扫帚上了?它为什么要往我们家里飞?它飞到我们家想干什么?……我疑虑重重,觉得这事有点奇怪。

我想,应该赶快把它弄走。我弯下腰去,发现它已经死了。

母亲回家煮早饭时,我把这事给她说了。她忽然就变了脸色,连声说:"完了完了,运气不好,咋遇上这种事哟,我们咋遇上这种事……"父亲也唉声叹气,说家里今年恐怕要出事,要我们处处小心。至于什么事,他没有说。他还买了几把火纸、两盘火炮到神皇庙上了香,说是请菩萨消灾。

我隐约感到,有什么神秘的东西盯上我们了。我心里有些恐惧。每天小心翼翼做事,同时提心吊胆地等着,看事情是不是真的要来。

也许是菩萨不肯帮忙,过了一个月,那些不好的事果然就接二连三地来了。先是两头猪无缘无故突然死了,然后圈里的黄牛害了一场大病,也死了。我们正要庆幸坏运过去了,谁知母亲病了一场,父亲又病了一场,我和妹妹也病了一场……真是倒霉透顶。

这一番折腾,我们吃够了苦头,损失惨重。

很久之后,村里的"神仙"朱大炮这样说:斑鸠是神灵,它一定知道隐藏在你们生活中的秘密,它赶在出事之前来向你们报告——它以它的死亡警告你们,你们的生活即将发生一些变故,这些变故将于某日某时到达,它们将扰乱你们平静的生活;发生这些变故的前因是……后果是……就是说,猪牛为什么会突然死去,它是早就知道的,人之所以生病,它也是知道的……也许,它还把这样的秘密告诉了你们:变故尚未发生时,用什么办法可以破解……但遗憾的是,所有这些,你们都没有任何知觉。

是不是他说的那样?我不知道。我只是疑惑,一只鸟知道的秘密,为什么我们就不能知觉?生活中的这些秘密为什么要隐藏在人的视听之外?斑鸠何从得知这些秘密?它为什么要来报告我们?

朱大炮说不清。村里其他人也说不清。

有双眼睛在远处盯着我们

陈大林他们院坝边那株古柏，据说有两百多岁了。这么大的年龄，当然是枝干虬曲，老态龙钟了，一些树枝枯了几十年，也没人理会，还长在树上；枝丫上结了一个黄桶那样大的蜂巢；树的根部，靠近地面那一大片地方没有树皮，好像被人用刀东一下西一下割走了。其实，村里人都晓得，那不是人割走的，而是让雷给抓走的。

这树有些怪，每年夏季都要遭雷抓一两次。有人说，这树底下一定藏着什么精怪。到底是什么样的精怪，大人们一直避而不谈。我们就有点担心，过路时绕着走，尽量离它远点。

遭雷抓的，还有后山的坟地。听说坟地里也有什么精怪。

雷抓人这种事，在我们村也发生过几次。村里一直流传着这样的说法：如果一个人对老人忤逆不孝，他将受到这样的惩罚：遭雷抓。

村西的谷一述，一个雨天，他去山梁上看水，结果一个炸雷下来，把他肩上的锄头甩到五丈外的树林里，他本人则给抓到十丈之外的石板上趴着。就这么一下，谷一述让雷给抓死了。

对谷一述的死，没人觉得惋惜。谷一述是远近有名的逆子，他年轻时把他爹的腿打断了，他不给他娘吃饭……他应该遭雷抓。

有一年夏季，也是一个雷雨天，村里人都在家待着，没人出门。只听那雷在村子上空滚来滚去地炸，都快把天给炸破了。闪电像把巨大的刀，把天空这里划条缝，那里捅个口子。又一个炸雷之后，忽然就听见陈述生家里响起一片哭声，我们赶去一看，吓得呆住了。原来刚才那个炸雷响过之后，陈述生家的堂屋里飞来一个脸盆大的火球，在空中飘来飘去。后来火球飘到陈述生身上——他刚从另一间屋里出来——

任宪生作品

轰的一声爆炸了,把陈述生炸得"叭"的一声飞到一丈之外的墙上贴着,又"叭"的一声落在地上……

起初,村里没人能想通。陈述生是个孝子,也是个好人,谁有难处,总是不遗余力给予帮助……都认为,雷电不该抓他。

但是,陈述生死去两个月后,一个天大的秘密被揭露出来:在过去的一年半中,陈述生一直跟村里一个女人通奸,这个女人是他五婶……

原来如此。人不知道的事,老天知道。

陈述生死了,一个疑问盘在我们脑子里不走:老天既然知道陈述生隐藏下来的秘密,那它一定知道其他人的秘密。它还知道哪些人的秘密? 这些秘密是什么?

我们感到有一双眼睛在远处盯着我们,它似乎离我们很远,又好像离我们很近。作恶吧,它知道,行善吧,它也知道,什么都瞒不过那双眼睛。

这双眼睛藏在哪里? 是谁的眼睛? 他掌握了我们多少秘密?

抬头望天。老天不言。

一根筷子断了

陈明白他爹突然死了。

说突然也不准确,实际上是这样的:那天早上下了点小雨,陈明白他爹看屋顶上有些漏雨,就搭把梯子爬到后房上去盖瓦;谁知梯子从房檐上滑溜下来,他爹跟着滑下来掉在阴沟里。屋檐距阴沟也就两三米高,本来摔不着哪里,可是他的手触地时,一根指头让泥里的瓷瓦给剐了一条口子,很多污泥钻进他的伤口……结果,三天之后,藏在污泥里的破伤风干菌顺着伤口进入他爹的血液中,他爹就得了破伤风;再过三天,他爹就在医院里死了。

弄伤皮肉流点血,村里哪个没经过? 但是,居然会死人,这在我们村是第一次,都不相信。不相信,却真是死了,就只好说:怪事,是个怪事。

这个时候,陈明白的女人王英国在村里公开讲起一件事——

是两周前了,那天吃早饭的时候,陈明白拿双筷子去锅里夹锅巴。锅巴当然好吃,香。可是锅巴粘在铁锅上,不容易夹起来。陈明白就把筷子当铲子用,斜着一扦——就这么一下,他手里的一根筷子突然断为两截。

"如果筷子用旧了,它要断,那倒可以理解,但这是新筷子,上个月才买的。"王英国跟人说的时候,反复强调这一点。

"新筷子怎么会断?而且断得那么整齐,像刀斩断的一样。"王英国觉得这事蹊跷,每回讲完了,都要这么追问。问别人,也是问她自己。别人答不上来,她自己也答不上来。

"那筷子是一双,为什么只了断一根,另一根又好好的?"她突然又添一句。

我们也觉得这事蹊跷。

王英国还有另一层意思——如果他爹没死,断筷子的事也许就没什么意义,但是现在这根筷子断了,他爹也死了,二者肯定有某种联系。但是它们之间有什么联系,她弄不明白。

王英国还这么想:幸好只断了一根,如果两根都断了,那么陈明白的娘,她会不会也……?王英国心里一惊,赶紧不往下想。她不敢往下想,是因为陈明白的娘还活得好好的,身体健康。

我们觉得王英国的疑惑是有道理的,那根筷子断得的确不同寻常。但是二者到底有没有联系,我们也说不明白。于是,我们跟王英国一样,也迷惑起来,在路上碰见一个人,就停下来,就把从王英国那里了解到的情况讲给对方听。讲的时候,话里都含着这样的疑问:新筷子好好的,怎么突然就断了?它跟一个人的死到底有没有关系?……

直到现在,这个问题还困扰着我们。

我们的路

在荒地踩出一条路

我在我们屋后竹林里捉竹牛,一抬头,看见五娃他爹陈明显在后山的荒地里转来转去。整整一顿饭的工夫,他一直在那里转。我很疑惑,他究竟在干什么?

后来,我忽然想起,他是不是在摘核桃?那片荒地中有一棵核桃树,野生的,结了满满一树核桃。我去年就在盘算,等核桃熟了,就去摘了。我喜欢吃这个,香。但是,去年核桃熟了,我没去。今年,十几天前,核桃又熟了,我还是没去。因为那里是荒地,根本没路,尽是荆棘和杂草。听说,村里从来没人进过那片荒地。我就不敢去了。我还从来没在无路的地方走过。但是现在,陈明显在那片荒地转来转去。他可能正在摘核桃。我赶紧跑过去。

可惜,我跑到时他已经走了。他果然把一树的核桃都摘光了,一个也没留。树叶掉得到处都是。

我在心里把他骂了一顿。骂过之后,我在荒地四周走来走去,研究他是如何爬到树上的。

研究了半天,我发现事情原来很简单:他在荒地里踩出一条路,他沿着自己踩出

微
笑
的
苹
果

的路走到树下,然后爬上去。那路虽然模模糊糊,但分明有了一条路,从荆棘和杂草堆里踩出来的路。

我很后悔。早知如此,我该放大胆量,来这里踩一条路就对了。如果这样,那些核桃就是我摘了。

离开荒地时,我暗自打定主意,明年早点去,抢在别人之前动手。

第二年,我老早就去了,满树的核桃都还在,我高兴得什么似的,三两下就爬上树。可是,我刚刚上树,五娃就赶来了,举着长长的一根竹竿来敲我,好像我是一颗核桃。他要我快滚下去,说那树是他家的。我想,这野地里的树咋会是你家的?不理他,把身子藏在树枝后面开始摘果子。这时五娃他娘也来了,大骂,说我是小偷,偷他们家的核桃。骂声传到村里,一下来了很多人。我想,这下对了,大家可以评评理。我就骑在树上对大家说,树是自己长的,核桃是自己长的,怎么会是他们的?……可是没人应和我,都木呆呆地站在那里。五娃好像更有理了,又开始用竹竿像敲果子那样把我往下敲。我手上挨了一下,腿上也挨了一下。我只好下树。

我很失望。我不明白那些看热闹的人为什么不说话。

回到家里,我对父亲讲,让他评评理。父亲却说:"你想想树下那路。那路是陈明显最先走出来的。那是一棵野生的树,他最早去认了,那树就是他家的树。"

没先去那树下踩一条路认了它,我真后悔。

那年我十一岁。

我们家的路

一天下午,我在田坝里放牛,二狗、五娃他们在晒场玩陀螺,我也想玩,就把牛拴在一棵树上,高高兴兴跑过去。可是二狗只准五娃玩,不让我摸。陀螺是二狗的。我说二狗,你如果让我玩,我家的桃子快熟了,到时候给你桃子吃,你想吃多少就吃多少。二狗最喜欢吃桃子,但是他家没有桃树。我想我这么一说,他肯定会让我玩他的陀螺，说不定不让五娃玩，只让我玩呢。可是二狗连看都不看我一眼，说，你家的桃子不好吃，五娃家的桃子好吃。五娃说，我已经答应了，给二狗桃子吃。我说，五娃你以前吃过我的桃子。五娃说，你以前还吃过我的梨子呢。我没办法，站在那里看他们玩。他们把陀螺抽得呼啦啦转。我看出，二狗好像存心要气我，每抽一下，他都做出痛快得不得了的样子。我气得七窍生烟，恨不得跑过去抽他几下。

晚上，弟弟知道了这事，想了想说：他不给你玩陀螺，我们就不要他过我们屋前的路。对，就这么收拾他一下。

第二天中午，二狗背着一背草路过我们屋边的时候，我们就站在路上堵着。那背草很沉，他只顾埋头走路，没看见前面有人，一下撞到我们身上，我们趁势撞了他一下，他倒退几步，差点跌倒。等他抬起头时，我们双手叉腰，眼睛望着别处，好像一点不知道面前有人似的。"你们……"他要说什么，我赶紧截住他的话："你知不知道，这是我们的路，你为什么连招呼都不打就到我们的路上走？"他咧了一下嘴准备回答，弟弟说："少废话，你从别的地方走吧。天天都有人在这路上走，这路都要坏了，你看那里，踩了那么大一个坑……今天我们要让这路休息休息……"虽然村里有很多路，但他要回家必须从这里过。他只有这一条路可走。二狗马上现出一副哭相："让我走嘛，我要你们玩我的陀螺……""不稀奇。"看他的身子被草压得越来越矮，我们笑起来。"那我把它送给你们……"他说着就到裤包里去掏。我们说："不要。"他没办法，望着我们，望了一阵，说："那你们还走我屋边的路呢，上学放学，你们天天都在走，你们以后还走不走？"他说完就在我们脸上看来看去，好像找到了打败我们的理由。没想到他有这一手。我看看弟弟，弟弟看看我。我们的确要走他屋边的路，他要是不让我们走，我们就上不了学。还是弟弟脑子转得快，他对二狗说，反正我们今天把你堵在这儿了，你说，你昨天为啥要那样对待我哥？……我截住弟弟的话说，算了，今天就算了，今天你背的草太重了，看把你压的那个样子，你走吧，以后再那样就不是这样简单了……我们让二狗走了。

我们觉得解气。不过，也有点气闷，因为二狗把他家的路抬出来，把我们难住了，不然，我们会赢得更彻底。

把自己的路修一修

暑假的一个下午,我闲着没事,父亲就给我安排活儿,叫我把屋后那条路修一修。

这路我们修过好多回了。是一条很老的路,听说祖宗修房起屋时就有这条路了。一条路老了,跟一个人老了一样,不是这里出毛病,就是那里有问题,得不住地修补。爷爷在世时修过,之后是父亲修,现在轮到我来修了。

之所以要不停地修补,是因为我们还要在这路上继续走下去。是这个村子的人,老婆孩子在这里,田地在这里,祖宗葬在这里,我们要在这里过一辈子。要在这里过一辈子,不把自己的路弄好咋行?

这路从我们家后门出发,通到屋后山岭上,一路上分出许多叉,四面八方通到村里各个地方。如果没有这条路,我们出不去,也回不来。

我到路上看了看,然后提着撮箕去别的地方提土。前几天下过一场雨,水把路上的土给冲走了,坑坑洼洼的,得从别的地方挖土来填。

对一个十四五岁的少年来说,这种活儿算不了什么,我提了十几回土就把那些坑洼填起来,踏得实实在在的。我在刚刚修好的路上走了几个来回,看见一条老路变成了一条新路,我对自己的工作感到很满意。

我还在路边坐了一阵,坐在那儿看那条路,也看村里其他的路。村里有很多路,是一张网。

其实,我修路这天,村里还有两个人也在修路。一个是朱学敏,他家一块田的田埂被谁家的牛给踩溜了一块,留下很大一个缺口,就像一个人掉了牙豁着嘴,不好看,走路也不方便,修一修是应该的。一个是陈华贤,他家院坝边那条路铺着石板,时间一长,有几张翘了起来,雨天在上面走,就有几股污水从石板下面射出来,一不小心,弄得过路的人满身都是。当然也应该修一修。

后来才知道,此前,五娃、二狗、朱大学、陈明白,已经把他们的路修过了。

其他家呢,可能也修过了吧,只是我们没看见。就是没修吧,以后肯定是要修的。好像是,村里每天都有人在修路。

没一条像样的路还过什么日子

夏天的一个早晨,突然下起雨来,村里的男人都扛着锄头去田坝里收水。大家各忙各的,理堰渠,挖水沟,把一股股四处乱窜的水归拢来,让它们流到自家田里。

忙到快吃早饭时,突然听见陈仕斌跟朱小明在桑园坪吵架。原来,朱小明挖水沟时把陈仕斌地边的路挖断了,于是两人吵起来。朱小明说:"有啥了不起,一条路有啥了不起?"陈仕斌说:"你得给我赔起,不然走不脱。"两个都是年轻人,火气旺,吵着吵着就凑到一堆去了,看样子要打架。

大家赶过去,劝他们"不要吵不要吵"。但是,话虽这样说,大家心里都认为是朱小明不对,挖水沟就挖水沟嘛,把人家的路弄断干啥?那路是陈仕斌的,也是大家的,大家都要走嘛,你把它挖断,就是缺德。

朱小明这个人要多说几句。他是村里唯一一个高中生,差一点就考上大学,他想复习一年再考,可是他爹朱有炳说没那个闲钱,这样他只好回村当农民。他回到村里快一年了,但是一直没定下心来,老说村里这不好那不好,成天东游西逛,不大干活。他爹叫他去山上背牛草,他说路不好走,都是弯来拐去的,走得他发烦,不去。不去也就罢了,他还站在路上振振有词地比划,说些笑人的话。他说,你们看,村里所有的路都是弯的。按道理它们应该是直的,偏偏都轻而易举就改变了走向。你看,一棵树站在前面,路过去了,树不让,路没有办法,只好从左边绕过去。再往前去,一块石头赖在地上不动,路也没有办法,只得从右边绕过去。田地、房屋、坟墓、池塘,遇上什么它就躲什么……关键是,这么一来,它改变了我们人的走向。你本来打算照直走,那样的话,很快就能到达目的地。但是一上路,它就要你躲这躲那,你只好忽东忽西,忽左忽右。这样拐来拐去,前方的目标时而清晰时而缥缈。每天都这样。每年都这样。走

任宪生作品

了这么多年,你们不觉得累?还有耐心?一想到这种路要走一辈子,我心里就烦。

他的话我们不大听得懂,我们只觉得好笑。大家都是这样走过来的,祖祖辈辈都是这样走过来的,你咋走不得?所以,他说"一条路有啥了不起",大家就不爱听,赶过去把他拉开,然后你一言我一语说他不对。开始他还不服气,脖子一挺一挺的,后来他爹朱有炳来了,大骂一顿,他才蔫了劲。朱有炳说,你把这路修好才走得脱。朱小明就没吭声,磨磨蹭蹭修路去了。

想想也是,我们修得起新房子,买得起牛,能把五只羊喂成三十只,还不是靠这些路。我们成天在路上走,去放牛割草,去挑粪播种,去栽秧打谷……最后才弄出这个样子来的,怎么能说这些路不好呢?把路不当回事,能有好日子过?看陈大学吧,他家房前屋后那些路,大洞小坑,到处是牛屎马粪枯枝烂叶,烂糟糟的,他却懒得去理,让它烂下去。连自己的路都没弄好,还有什么别的指望?这不,他家的房子快倒了,墙壁裂开指头宽的缝,他身上的棉袄是破的,脚上的鞋露着指头……

总而言之,你朱小明不把这路修好,不说陈仕斌,我们也有意见呢。

把路扔在村里

几年之后的事情是我们预先没有想到的:我们把村里那些好好的路都扔了,跑到外面找别的路子去了。

本来,一年一年积攒下来,我们仓里的粮食多了,圈里的牛羊多了;房梁上架了很多苞谷、辣椒、豇豆;房前屋后,木料、砖头、瓦片等这样那样的东西堆得到处都是……村里那些路,小路变成了大道,土路铺上了石板,我们还修了机耕道,有拖拉机在村里突突突地跑,偶尔还来一辆有篷的大车,拉煤,拉猪,拉稻谷……我们觉得在这里过一辈子是最好不过的事,我们肯定要在这里过一辈子。但是谁知道呢,世界突然就变了,我们突然像鸭子一样齐扑扑往外面跑,牛羊呀粮食呀都不要了,那些路也不管了,我们把什么都扔在村里,跑到外面来了。

事情是这样的：起初，听说邻村有一伙人到上海打工去了，那时我们无动于衷——各过各的日子，人家要去就去，我们不去就不去。可是不久，丑牛突然从北京回来了——丑牛是我们村陈仕文的儿子。三年前的一天，他突然离家出走，跑到北京打工去了。以前他说过要走，陈仕文不让他去，抱着一根柴块子满田满坝追着打。谁知他偷着跑了。我们觉得他不该跑，北京那么远，人生地不熟，不跑丢才怪。果不其然，他一去就三年没消息。有人说他肯定在外面当讨口子，没脸回来见人，有人说他被骗子弄去卖了，可能在哪里给没腿的或瞎眼的女人当上门女婿，还有人说他大概已经死了。总之，不会有好下场。那些当初也想跟着出去的人，都庆幸没有离开村子……但是现在，丑牛突然回来了。

他刚回来时我们不当回事。他提着大包小包的东西，还带回一个女人，说是他妻子，嘿嘿，说的是"妻子"，我们从来叫"女人"或"堂客"的，他去外面混了几年，居然叫"妻子"了，真不简单。但是呢，女人我们不稀罕，这个在本地就能弄到手，何必要跑到北京去呢。还有，他一回来就说我们的路不好。他站在一圈人中间，一条腿一抖一抖的，拿夹着纸烟的手指着那些路说："怎么还是老样子，弯来拐去的，难走不难走？"哈哈，这话可笑，跟朱小明一个腔调。路当然是弯的了，难道还有直路不成？——我们把鼻子弄得哧的一声，嘲笑他"娶了媳妇忘了娘"，到外面混了几年就嫌这嫌那了。

但是情况很快就发生了变化，满村的人都给丑牛唱赞歌了。不唱不行，他一出手就给他爹陈仕文掏了三万块钱。这是让人吃惊的，三万块呀。我们累死累活干一年才挣一两百块呢。还有更叫人吃惊的，他掏出一把花花绿绿的纸片让大家看，都不认得，从来没见过。他说那是机票，坐飞机用的。他说他跑业务时经常坐飞机在天上飞，还在我们村子上空飞过。他是不是在我们村子上空飞过，没人知道，主要是，他上过天。我们嘲笑一个人，说"不相信你能上了天"，他丑牛现在就是上过天的了。

我们没有上过天，我们一直在这个巴掌大的村子里转来转去，连三十里外的乡场过街楼都很少去。可是丑牛竟然跑到天上去了——上天，那不是搭把梯子就得行的。

还有谁不动心呢。十几天后，丑牛再走的时候，我们一帮年轻人都要跟他去，朱小明第一个报名,二狗五娃他们也要去。我也决定去。

丑牛说,城里人看的是大彩电,把电话在手上拿着,走哪打哪;街是几十丈宽,平平坦坦,直直溜溜,一串串的车在上面跑,像在水上漂……

我们村连黑白电视都没有呢,也没有哪家有电话……我们一定要离开村子,到外面去看看。

几十人的队伍出发了。浩浩荡荡朝村外走。

走到村口,我们回头看了看。村里一下空了许多。那些路,我们每年都要修补的路,默默地看着我们。

把所有东西扔在村里,我们走了,去走从来没有走过的路。

牲畜们的一些事

微 笑 的 苹 果

发生在院子里的事

一

整个夏季,每天都有一队一队的风从我们家门口经过,它们好像是赶着到什么地方去干什么事,都马不停蹄的样子。

没事的时候,我们就坐在院子里看风匆匆忙忙地过去。这情形有许多年了,我们都熟悉了风,能闻出它的气味。风的气味很好闻,带着一股远方的新鲜气息。有时,我们也看见一些风从队伍里溜出来,在院子的草垛旁、柴堆边和磨房里逗留,我们以为它们喜欢上这个院子了,想把它们留下来,像院子里那些也是外来的花草一样,跟我们一块过。但风是养不住的,它们顶多在院子里转上两圈,一晃又走了。我们家有陈年的玉米棒子和大豆,有二十多只鸡、三条猪、一头牛,还有许多农具,什么都不缺,可风还是不愿留下。

风走的时候,总要从我们家带走一些什么,比如几根散在地上的稻草、两片字纸、一些树叶,等等。我们倒没什么,带就带吧。可是守着院子的狗和猫不乐意,身子一纵就扑上去,从风手里把这些东西夺下,又叼了回来。其实这些东西也不愿跟风走，我们常在离家不远的地方看见一根稻草或一片字纸躺在路边，我们认得出，那就是我们院子里的稻草或字纸。它们并没跟风走远，还想回我们院子来。

二

一颗又大又圆的桃核不知从哪儿忽然来到我们院子里。院子扫得干干净净，桃核躺在地上很显眼。我们有时路过那儿，正好踩上它，嫌它碍脚，一下踢得老远。过些日子在另一个地方遇上它，又一脚踢得老远。后来，我们干脆把它踢到院子外边。可是过不多久，它又躺回我们院子里。再踢，又再回来。踢来踢去，它总没离开过院子。这让我们感到奇怪。

后来发现，是狗把它给叼回来的。狗从外面叼回一块骨头，这我们能理解，可一次又一次往回叼一颗桃核，我们就不明白了。不过，既然狗要这样，我们也就依它，父亲打扫院子的时候，把它扫到院坝角落的土堆那儿。

后来，院子里生满花草的时候，那桃核在土堆上长成了一株小桃树。

那时我们成天在山上忙着地里的活儿，没工夫过问院子里的事，小桃树长起来我们也没怎么在意。进出院子时，偶尔朝那边瞥上一眼，见小猪在桃树下拱来拱去，鸡也在那儿乱刨，树根下的土都给掏空了，心想，桃树怕是活不了多久。

等我们忙完地里的活，有时间在院子里闲坐了，才发现那桃树还好好地长着，尺多高了，枝肥叶大的。树下的土也没了猪拱鸡刨的痕迹。

一天，我们看见狗在桃树根下撒尿。狗尿有一股骚臭，猪拱到那儿，喷两下鼻子，转身走了。鸡刨到那儿也绕开了。

原来是狗养大了一棵树。连我们自己也不大相信。

三

农闲的时候,我们常常坐在院子里晒太阳。地里的活儿都干完了,该收的收了,该种的也种了——让种子在土里慢慢发芽、慢慢生长吧,我们得歇歇了,晒晒太阳。

猫和狗也常常跟我们一起晒太阳。我们坐在椅子上,它们卧在不远处的草地上。

阳光真好。望着架在房梁上的玉米棒子和红辣椒,我们舒服得眼睛都眯起来。

猫和狗晒着晒着就迷迷糊糊睡过去了。

只有鸡们闲不住,还成群结队满院子刨食。鸡,我们曾经一次又一次给它们撒下谷粒或麦粒,让它们吃些现成的,饱了肚子也好来这边歇着晒晒太阳,可它们总是吃完这里的又去那里刨。

刨就刨吧。闲不惯也是没有办法的事。

不过也好,有鸡们在院子里活动,我们就有了晃眼睛的地方,不至于太闲。人要是光坐着啥事不干也没意思。

鸡们一边用爪子在地上漫不经心地刨,一边叽叽咕咕像在交谈些什么。我们眯眼看它们这么着从院子这头转到那头,又从那头转回来,就觉得我们的院子真是个好院子。

就是鸡们打架了,我们也懒得去管。打架的往往是公鸡。它们为了争夺一只小虫子或别的什么,满院子追打扑腾,闹得不可开交。但它们争得的东西并不是自己享用,而是送给各自心爱的母鸡了。公鸡通常用这种方式表达对母鸡的爱情。它们要是为别的事打架,我们就要过问了,但这种事,我们不好插手。鸡们的情事自有鸡们解决,人不好瞎掺和。

我们只管晒太阳,闲看着就是了。

四

冬天刚到,风就跑到我们院子里捣乱来了。它们把晾在院坝边竹竿上的衣服扯

任宪生作品

下几件扔在地上,把放在屋檐下的鸡窝掀到院坝当中——鸡窝里一颗来不及捡走的鸡蛋也被摔破,蛋清流了一地。

当时我们都不在家。等我们回来的时候,风已经跑得一干二净,只见邻居二狗家的小黑猪在我们院坝里拱那几件衣服;衣服卷成一团,上面留着一些蹄印。我们家那群母鸡则围着掀翻的鸡窝转悠。它们似乎不明白是怎么回事,咯咯咯地叫着,探头探脑不敢走近。

弟弟气得不行,破口大骂。因为掉在地上被猪拱着的衣服有两件是他的。他一边骂,一边气恨恨地跑过去拿脚踹猪,小黑猪看见他的脚刚刚飞起来,就"吱"的一声撒腿而逃,屁股颠颠地跑走了。猪没踹着,倒是把我们家那群母鸡吓得一跳,腾地一下四处窜开,还回头警惕地往这边看。

弟弟捡回弄脏的衣服。我们把鸡窝收拾好,另找一个地方放好,免得再被掀翻。

我们以为没事了,正要转身回屋,风突然又来了。这回来势更猛,竟然把屋顶上的瓦揭下两匹摔在房檐下,差点没打着人。

弟弟返回院子又骂。他刚才的气还没消呢。可他骂了几句忽然不骂了。因为他张大嘴巴的时候,一些风趁机而入,好像在他嘴里做了什么手脚,弄得他咳嗽起来,越咳越厉害,以至喘不上气,脸憋得通红。

父亲给弟弟捶背,说:风来了你得避一避,不然就被它呛住,或者弄迷了眼。然后,父亲把我们都推进屋避风去了。

父亲说这话的时候我们还不大懂事,后来长大懂事了,才明白父亲这话的意思。父亲是说:风这东西说不准,忽儿这阵,忽儿又那阵,它来了,你别急,它去了,你别追。人在风头上容易干出傻事。

五

我们家养了九只鸡,一只是公鸡,其余都是母鸡。白天,它们在房前屋后自己觅食,傍晚,歇圈之前,我们在院坝里撒些谷粒,算是喂它们饲料。鸡喂饱了,才会不停地给我们生蛋。给鸡撒谷粒,是我或弟弟的事。

这天傍晚喂鸡的时候,我发现母鸡都在院坝里吃食,却不见公鸡的影子。它最近老不在家,老往邻居二狗家的鸡群里跑。我到二狗他们屋前的柳树下去找,见它和二狗家那只母鸡趴在一起,它们互相用嘴在对方身上啄着,很亲密的样子。

我拿根树条赶它回家吃食。母亲说了,公鸡不下蛋,喂肥了,好去街上卖了换钱买盐。

我一挥树条,两只鸡一跃而起,跑开了。我们家的公鸡它跟着二狗家的母鸡跑,母鸡到哪儿它跟到哪儿。我在柳树周围转了十几个圈子也没把它赶回来。

没办法,我气得只是骂:"不要脸,我们家有那么多母鸡,你还找别人的。"

晚上,公鸡也没回家,我和弟弟又到二狗家去找,见它歇在二狗家的鸡圈里,跟那只母鸡相拥而眠。我们把它捉回来,塞进我们家的鸡圈里。

第二天傍晚,还是不见公鸡回来吃食,正要去找,却见它领着二狗家的母鸡回来了。它一来,咕咕叫着啄我们家的母鸡,我们家的母鸡被它赶到一边,它和二狗家的母鸡倒是大大方方吃起来了。

我气不过,撵二狗家的母鸡。二狗家的母鸡咯咯两声走开,公鸡抬头望了望,也咯咯两声,像在唤母鸡,母鸡就停住,张望着又想回来。我追过去又撵,一直把母鸡撵回二狗他们院坝里。

我以为没事了,回家一看,我们的公鸡不见了。再看二狗家的院坝,它又跟那母鸡在一块了。

一天中午,我们见二狗手里拿一根树条,在他们院坝里追赶我们那只公鸡。公鸡一跑一跳地跟他转圈子,一副打死也不离开的样子。二狗说:"你们看,它成天在我们这边转,吃我们的鸡食,还啄我们的鸡,真不要脸。"

二狗是在骂鸡,可我们听了感到是在骂我们。我和弟弟就骂他家的母鸡,也让二狗听了觉得我们是在骂他。

骂架之后第三天,母亲说:罐里没盐了。父亲说:把那公鸡卖了吧。我们就把公鸡抓住,提到街上换回五斤盐和两双胶鞋。

公鸡没有了，我和弟弟省了好些事。

可是有天晚上，我们正要栓门睡觉，却见一只鸡静静地趴在门口，仔细一看，是二狗家的母鸡。

它怎么会在这里？难道是来寻找我们那只公鸡？

我们把它送回二狗家。

但此后的每天晚上，二狗家的母鸡都来我们门口静静趴着。

二狗每天晚上都来抱它回家。

我们家的鸡狗牛

鸡

在我们家,猪和牛一向处得很好,各吃各的食,各进各的圈,互不干扰,相安无事。而狗和鸡总是闹别扭,常常弄得鸡飞狗跳。狗嫌鸡不讲卫生,老用爪子在潮湿肮脏的泥地里刨来刨去,自己浑身尘土不说,还弄得院子里灰尘四起。鸡也看不惯狗的游手好闲,一天到晚东跑西颠,啥事也不干。它们闹别扭,多半是为抢吃的。狗的样子很凶,总占上风,鸡的个头小,奈何不得,只好躲开。

我们觉得这样闹下去没有意思(在一个家庭,鸡犬不宁多不好),想管一管,但插不上手。

鸡的听觉很灵敏。我们每次开饭的时候,也许是勺子碰了一下锅,也许是筷子碰了一下碗,鸡们就是在离家很远的地方,也能把家里的动静听得一清二楚,一窝蜂似的扇着翅膀往回扑,扬起一路灰尘。有些性急的还在半路上摔了跟斗。它们急急忙忙赶回来,当然是为了抢吃的。每次吃饭,我和弟弟总要有意无意掉下一些饭食,比如红薯和洋芋——这些东西,母亲顿顿做给我们吃,有什么好吃的呢。掉在地上的东西,谁先抢到就是谁的。我们家的鸡不赶快回来吃了去,就该邻居二狗的鸡享福了。

如果被他家的鸡啄了去，我们就是看不顺眼，也不好怎样——要是让二狗看见我们攥他家的鸡，会笑话我们小气。好在我们的鸡每次都回来得很及时。它们一来，二狗的鸡就只好站在远处眼馋了。

但是，有只母鸡似乎是老糊涂了，不争气，老是把蛋生到二狗他们的鸡窝里去。我们把鸡窝搭在一间空房里，有门可以关锁，人家的鸡是进不去的。可二狗家的鸡窝搭在院子角落的草棚下面，敞着，好像是面对所有下蛋的母鸡开放——我们两家没有院墙隔开，鸡们可以随意往来。我和弟弟很生气（我们都爱吃鸡蛋），好几次把那只正在他家鸡窝生蛋的老母鸡抓回来，点着它的脑袋骂：再把蛋生到人家鸡窝里，看不杀了你。但是没用，它始终犯着同样的错误。

把蛋生在人家鸡窝里，是个麻烦事，有时候，眼见它生了，我们赶紧过去捡回来，二狗不好说什么。有时候，它生了蛋而我们又没亲眼看见，二狗就说是他家的鸡生的，我们也没办法。为这事，我们跟二狗吵了好几回嘴。

有一天，我们跟父亲说了，让他想想法子。父亲却说，让它去吧，人老了都有犯糊涂的时候，何况鸡呢。

狗

是一只黑狗。

它熟悉我们这个家的所有气息。哪是我们的农具，哪是我们的菜地，人吃的稻谷堆在什么地方，喂牲口的饲料放在何处，它跟我们一样清楚。有时候，我们忘了某样东西放在什么地方，狗能帮我们找出来。弟弟在山上把脚上一只鞋玩丢了，怎么也找不到，父亲正打算把另一只也扔了，狗却把丢的那只又叼了回来。

如果家里有了陌生气味，狗在院坝里走上一圈就能嗅出来。它曾在牛圈旁边的柴堆里发现一条蛇，它觉得这不是一件小事，赶紧去找父亲，父亲正在院坝里打草鞋，动作慢了些，它就用嘴咬住他的裤脚，拉他快去。父亲把那条蛇打死弄到野地埋了,它才安静下来。有一回,我们都不在家,一个形迹可疑的陌生人在我们屋边张望,它立即扑过去,吓得陌生人仓皇而逃。

我们上坡干活,它跟到院坝边,摇头摆尾望着我们,也想去。我们说,你不去,在家看屋。它呜呜两声,看我们走远了,就在院坝边卧着,眯了眼假寐。

父亲买回一条小猪,才两个月大,还没进圈,在外面敞着养。这家伙总爱用嘴在院坝里拱来拱去,院坝是草地,拱得到处伤痕累累。狗看了,有些不顺眼,跑到它身边狂狂叫两声,小猪翻翻眼,却不走,狗就拿嘴顶它的屁股,小猪吱的一声跑了。

小猪并没给自己拱到什么好吃的,倒是给鸡们拱出几条虫子。有时,两只公鸡为争夺一条虫子打得不可开交。一个抢到手了,叼起就跑,跑到一只母鸡跟前,把虫子递到母鸡嘴里。原来它并不是自己享受,而是送给心爱的了。这时候,狗在那里卧着,什么都看在眼里,却不声不响,很世故的样子。

那猪和鸡们耍得倦了,各找一块地方卧着,安安静静晒太阳。这时,狗却在院坝里闲逛。它逛的时候,喜欢拿鼻子在地上嗅。每次嗅到洗衣台旁边那块黑乎乎的石头,都要喷几下鼻子。那石头是猪擦痒的地方。猪身上痒了,就跑到那儿,把痒的地方抵在石头上,耸着身子来来回回蹭。时间一长,石头就变得跟猪一样脏兮兮了。狗一闻到那儿,就要喷几下鼻子。小猪听见了,抬起头,不以为然地看它一眼。

牛

我们喂了头黑水牛。它爱跟我们搞些恶作剧,让人又好气又好笑。比如,它刚在外面吃饱肚子,一进圈门,却做出饿坏了的样子,拿头上的犄角把圈门碰得哗啦哗啦乱响,让人不得安宁。父亲有些生气,拿着一根树棍赶过去时,它已经退到牛圈里边去了,打它不着。这也罢了,它还歪过头,毫不在乎地瞧着父亲。好像故意要气人似的。父亲把树棍扬得高高的,却嘿嘿笑起来:"家伙,鬼得很呢。"

要是猪把圈门碰得哗啦乱响,父亲是不客气的,拿树棍抽。对牛就不同了,他只是笑。在所有牲畜中，他是偏爱这牛的。

这牛的确有些鬼呢。夏天的早上，我把牛牵到田埂上放，可是它一上田埂，心思总不在吃草上，一只眼在看田里的稻子或田边的豆苗，一只眼在看人，稍不留神，它嘴一伸，舌一卷，一丛豆苗或半株稻子就不见了。你回头看时，它还装模作样，扬着头，眼望远处，好像什么都不知道似的。

春夏二季，草肥水足，它养得膘肥体壮，除了耕田犁地，还有足够的体力发狂撒野。有时候，为了追回它，我们跟在它屁股后面翻山越岭，跑好几里路。

但是一到冬天，它就萎靡起来。寒风把村里的土路吹得雪白，所有的草都枯了，山坡上不见一丝绿。这时候，它在圈里待着，不出门。它瘦骨伶仃，站在圈门口，望着空旷的田野发呆。

阳光好的日子，我们就打开圈门，带它到院坝边的草树下晒太阳。那时候，父亲就拿着一柄铁的梳子，来给牛梳理皮毛。他一边梳着，一边在它背上抚摸。牛一定是感到舒服了，拿它湿润的鼻子去嗅父亲的手，嗅着嗅着，就伸出舌头舔了一下，在父亲手上留下一点湿的痕迹。

我们在旁边看着，心里说，他们两个好亲热。

牲畜们的一些事

猫狗之恋

先说说我们家的狗。要说我们家的狗,得跟我们家的猫一起说。

我们家向来养狗,也养猫。我们觉得养猫养狗跟家里多养两个人没什么两样。猫和狗来到我们家,从小到大,我们一直养它们到老,直到某一天卧在地上永远起不来了,才买新的猫狗回来。一只猫,我们一般要养五至六年,寿命最长的一只猫,我们养了八年。一条狗要养十来年,活得最长的一条狗,我们养了十五年。

但是,那年我们从过街楼买回的一只小猫和一条小狗,只在我们家生活了半年就双双死去。这是我们养育时间最短的猫狗。

猫是一只白猫,狗是一条白狗。刚把它们买回来那会儿,正念小学五年级的弟弟拿尺子给它们量体长,小猫刚好六寸,小狗是一尺二寸。

同以往一样,我们把小狗小猫养在一处。不同的是,以前我们在巷子里或牛圈外面给猫狗垒窝,这次我们换了个地方,在柴房里砌一个圈,圈里铺了厚厚的稻草,给它们做了一个很好的窝。母亲说,把窝搭在柴房,既暖和,又没有别的野物来吓着它们。

它们同吃同住，成天形影不离。白天，它们都在院坝里活动。那时我们家的院坝还没铺石板，是泥地，地上一年四季都长草，草里偶尔开一两朵叫不上名字的小花。小狗和小猫常常在草地里逗乐，高兴了就在地上打滚。它们老爱追着自己的尾巴转圈，转着转着，猫不追自己的尾巴了，追狗的尾巴，狗也不追自己的尾巴了，追猫的尾巴。有时候，狗见村子里有什么人从我们屋前的小路上走过，就跑到院坝边嫩声嫩气叫那么两声。猫不叫，它安安静静站在狗的旁边，把脑袋歪来歪去，专注地盯着那人，仿佛是在帮狗看住什么。但那过路的人不把小狗放在眼里，看也不看一眼，依旧走自己的路，小狗似乎感到一种无趣，就望着别的地方发呆。猫呢，也陪着它发一阵呆，然后拿嘴上的胡须去撩狗鼻子。把狗弄痒了，狗就抬起爪子去搔猫的痒。闹着闹着，它们就在地上打起滚来。

邻居陈大安家养了一只大黑猫，不知为什么，它对我们家这只小猫看不顺眼，总是欺负它。有一次，小猫在草地上逮了一只小虫，黑猫窜上来要抢，小狗见了赶紧跑上来，对着黑猫"汪汪"大叫，样子很凶，黑猫有些害怕，退走了。另一回，小猫叼着一段红毛线在院坝里玩，村里一个名叫四根的孩子路过我们院坝边，想把那毛线拿走。他弯下腰刚要伸手，小狗扑过去了，吓得四根一屁股跌在地上，半天爬不起来。

村里人都说，这小猫和小狗是一对再好不过的伙伴。

可是，谁也没想到，小猫竟突然死了。

小猫是生病死的。它病得很突然，前一天还活蹦乱跳的，第二天早上却不吃不喝，躺在窝里不动。我们养过那么多猫，这样的事还是头一回遇上。父亲很着急，赶紧去请朱财。朱财是村里的兽医。朱财来看了，弄了一些白的黄的药片，说吃下去就好。药倒是吃了，病却没有好起来，且一天一天严重，到第四天，小猫死了。

小猫死了，我们一家人都很惋惜。小狗很伤心，它一下没了精神，吃得少，也很少到院坝里活动了，成天待在窝里，耷拉着脑袋，无精打采的。我们把它抱出来，想让它活动活动，一放手，它又转身回屋去了，躺在窝里不动。

小狗一天天瘦下去，以至于奄奄一息了。我们心里着急，却无计可施。

终于，它跟小猫去了。是在小猫死后第十天去的。

任宪生作品

最先发现这个事实的是弟弟。那是一个星期天,天一亮我们就到地里去割麦,弟弟留在家里看屋。像往常一样,早上起来,他先去柴房看狗,结果看到小狗已经死在柴房的墙根下。弟弟说,它鼻里有血,头上有撞过的痕迹。

小猫死了,小狗也死了。我们心里很难受。

第二天,我们在屋后竹林里选了个地方,把小狗和小猫葬在一起。

泪

那年夏天,我们家的花狗生了一只崽——那是它第一次生产,只生了一只。

我们家就多了一只狗。别看只是多了一只小狗,我们的生活却多了好些趣味。以前,中午收工回家,我和弟弟没事可干,肚子也饿,就在屋檐下呆呆坐着。那时,母亲在厨房忙午饭,父亲还在田坝里没回来;花狗呢,不在家,它还在外面胡走乱逛;鸡们忙了一个上午,早把肚子填饱了,这时都在远处的空地上安静地卧着。满院都是空洞的寂静。静得让人不知该想点什么,空得连晃眼睛的地方也没有。我和弟弟就那么不声不响地傻坐着,等母亲做好饭叫我们……现在不同了,有了这只狗崽,做了母亲的花狗就不去外面胡走乱逛了,它要在家里带它的孩子,这样,院坝里就多了一些热闹,我和弟弟也有了事干——我们可以跟狗玩,或者,狗们玩着的时候,我们在旁边且看且乐。我们那时才十岁左右。那是一个跟狗玩也觉得有趣的年龄。

跟狗怎么玩?拿根树枝在它们身上搔痒,痒得它们在地上打滚。把小狗抱到母狗背上,让母狗像人那样背着它的孩子在院坝里走来走去。多数时候是拖根红毛线逗它们玩,小狗没见过世面,见一条毛线一阵在地上哧溜溜跑,是"活"的,一阵又一动不动,像是"死"了,觉得奇怪,老在后面追。这种游戏母狗早玩腻了,不过看小狗高兴,它也跟在后面跑来跑去,欢天喜地的样子。

有时,我们干活很累,不想动,两只狗就自己玩。狗在很多方面跟我们差不多,比如表达感情的方式,高兴的时候,母狗会忽然躺在地上打起滚来,打一阵滚,停下来,

微笑的苹果

四脚空空地举着,做出一个张臂怀抱的姿势,用热切的目光望着小狗,那意思是叫小狗去它怀里,它要抱抱它。小狗当然比我们更明白那意思,轻轻一跳就钻进母狗怀里,这里亲亲,那里舔舔,两个玩成一团。

母狗也有不高兴的时候,卧在地上半天不动,小狗逗它,它无动于衷,我们唤它,它不理,过去一看,它脸上的表情好像很生气——是跟别的狗闹了什么别扭,还是小狗做错了什么事?不得而知……

说到母狗生气,我们是见过一次的。那次,它很伤心,伤心得落了泪。

那天中午,我们在地里多干了一会儿活,收工晚了些,回家来的时候肚子早饿了,又憨憨地坐在屋檐下等饭吃。狗们大约也饿了,跟着母亲在厨房转来转去。母亲嫌烦,吼了它们两声,母狗觉得无趣,就带着小狗出来,在院坝边站着,东瞧瞧,西望望。这时,邻居二狗他们家开始吃饭了,二狗站在门口"狗罗罗——狗罗罗"唤他家的狗。我们的小狗听见了,不知是装糊涂呢,还是以为也在唤它,尾巴一摇,连个招呼也不打,就一颠一颠朝二狗家跑去。跟我们一样,母狗也是一眼就看出了小狗的心思,想把它给追回来,但只追了一丈多远,小狗已经进了二狗家的门。母狗也就懒得追了,退回来,在院坝边卧着。母狗卧下的时候,眼睛是朝着二狗他们家的。小狗跑到别人家讨吃的,它不放心。

不久,我们就听见二狗家的母狗"汪"地叫了一声,接着又听见我们小狗的惨叫声。据二狗后来对我们说,我们的小狗吃了他们家小狗的饭,他家的母狗看见了,咬了它两口。二狗跟我们解释的时候,我们觉得气短,怨小狗不争气。但当时我们不知道这些,一听见小狗的惨叫声,就赶紧吆喝我们家的母狗——这种事我们当然不好出面——其实也用不着吆喝,我们家的母狗早已翻身而起,箭一样朝二狗家冲去了。随后,我们就听见两条母狗撕咬起来……

我们家的母狗后来落泪,也许并不是因为跟二狗家的母狗撕咬时受了伤——虽然,它那天伤得不轻,左腿上有一片毛给咬掉了,嘴角还有血迹。我们猜测,它落泪可能是为了小狗。根据二狗的讲述,原因大致是这样:我们家的母狗飞奔而去,跟二狗家的母狗撕咬起来的时候,二狗家的小狗一直在旁边给它母亲帮腔,呜呜叫着,跳来跳去,还找了个机会在我们母狗的后腿上咬了两口。我们的小狗呢,先是一声不吭地站在旁边看,后来竟悄悄溜走了,把它母亲扔在那儿不管。

小狗先回来了,拖着尾巴,垂头丧气的样子。它在院坝边的草堆那儿卧下,我和弟弟赶紧过去,一边在它身上翻来翻去找,看它是否受了伤,一边不住骂二狗家的母狗狠心。结果,没见它哪里伤着。估计是吓着了——它还从来没经过这样的事呢——我们抚着它的身子安慰它。

不久,因为二狗他们的呵斥和恐吓,两条母狗之间的撕咬结束。我们家的母狗带着一身伤痕回来了。我们从母狗脸上看出,它似乎一肚子的气。我们让到一边。它走到小狗跟前的时候,小狗正闭眼卧着,看起来像是睡着了。它站在那儿盯着小狗看,看着看着,突然张嘴咬了小狗一口。小狗惊愕地抬起头看着母狗,十分委屈的样子。母狗没理它,一曲腿,挨着小狗也在草堆卧下。卧下之后,它歪过头在小狗身上蹭着,还伸出舌头在小狗身上舔,舔着舔着,就有两行泪从眼角流了下来⋯⋯

看见母狗流泪,我和弟弟都很吃惊。我们还从来没见它流过泪。

我们站在那儿半天没说话。

两只恋爱的狗

春天的时候,村里发生了一件事:陈小强家的公狗跟朱五家的母狗闹起了恋爱。

陈朱两家的狗闹起恋爱是很偶然的事。那个春天的上午,陈小强家的公狗像一个无所事事的绅士在田坝里闲逛。阳光格外温暖,满村的桃树、杏树都在开花,蝴蝶在草丛里翩翩起舞,蜜蜂在花朵上唱歌——这狗在田坝里走着看着,不由得兴奋起来,撒着欢在田野里奔跑,追逐翩翩起舞的蝴蝶。跑到桑园坝一块麦地边时,它遇上了朱五家的母狗。朱家的母狗正在那儿撒尿。它走过去,也跷起腿撒尿。它们把尿都撒在一丛麦苗的根部。后来,它们就在麦地边亲热起来了。在此之前,它们只是熟识而已,不曾听说涉及情事。它们闹起恋爱,是那天上午的事。春天是一个万物生长的季节,它们的爱情就像地里的麦苗一样在无限的春光里猛蹿起来。

其实,狗闹恋爱不是什么新鲜事。食色性也,这道理在狗们也是一样的。村里有那么多狗,又日日厮混在一起,免不了要闹出些桃色事件。就说这个春天吧,村里还有很多狗也在闹恋爱,朱儒家的母狗跟朱山家的公狗相好,陈小明家的公狗跟朱三家的母狗关系暧昧,这在我们村是人所共知的,没人惊诧。但是,陈小强家的公狗跟朱五家的母狗好起来,却是一件让人担心的事——他们两家人的关系不好。

两家关系不好,已经有好多年了。原因呢,据说,陈小强在外边打工那几年,他女人跟朱五好过。也有人说,是陈家的两头牛夜里偷吃了朱家半亩地的麦苗,而朱家十八只鸡和十三只鸭偷吃了陈家两分地里即将成熟的稻谷,两家人因此大吵了一架。又有人说,因为两家的孩子在学校打架,两家大人从此就记了仇。

两家的人处不好,猫狗也受了牵连。陈家的鸡跑到朱家院子里,朱家像赶瘟神似的轰,朱家的狗路过陈家房前屋后,陈家人见着影子就打。

现在,他们两家的狗却闹起恋爱来了,我们有些担心。

果然发生了一些不愉快的事。那天吃早饭的时候,陈家二娃去给狗碗里倒食,发现他们家的狗不在。他站在房檐下"罗罗罗"唤了好久,不见回来。二娃想,肯定又是朱家的母狗把它勾走了。二娃心里就不满了。以前,他们这狗很守规矩,从不乱跑,现在倒好,被朱家那该死的狗妖精勾了魂,在家里呆不住了。过了半个时辰,二娃扛着锄头去地里干活,走到屋后竹林那儿,却碰见他家的狗领着朱五家那条母狗朝他家走。它要叫朱家的母狗也去吃食吗?吃里扒外啊,叛徒啊。二娃骂起来,对自家的狗"嗨"了一声。它在距他大约五米的地方停了下来,摇着尾巴望他。朱五家的母狗紧挨它站着,也摇着尾巴望他。二娃把它们看了一阵,突然弯腰捡起一块拳头大的石子,猛地朝朱五家的母狗掷去。二娃家的狗在二娃弯腰时就准备逃跑了——它知道二娃要干什么,但朱家的母狗那一瞬间正在走神,没反应过来,站在原地没动。二娃家的狗就放弃了逃跑的念头,回身去护朱家的母狗。二娃眼力好,是有名的"瞄得准",它没能护住,掷过去的石头正好击中了朱家母狗的一条后腿。

陈家二娃打伤了朱家的母狗,这事很快被朱五家的人知道了。朱五家的儿子丑牛当天下午就找了个机会,也把二娃家的公狗打了一顿,打伤了它的前腿。

第二天,二娃跟丑牛为一件小事骂了一架,还差点动手打起来。

过了两天,陈小强的女人跟朱五的女人为一把牛草也骂了一架。

因为两只恋爱的狗,村里闹得鸡犬不宁。跟陈家二娃要得好的几个,在二娃的鼓动下,恨起朱五家的人来,他们路过朱家院坝时,有事没事要朝人家院子里吐几口唾沫。跟朱家丑牛相好的呢,在村路上遇见陈家的鸡鸭,也要赶上去追打一番。

这些,陈家的公狗和朱家的母狗都看见了,但它们没有理会,该干什么还干什么。它们拐着腿相跟着在田坝里散步,或者双双卧在某棵树下晒太阳。当着大家的面,它们想怎么亲热就怎么亲热。

二娃却要拆散它们。他恨朱家的狗狐眉骚眼,恨自家的狗胳膊肘往外拐。每次碰见它们在一起,不是打就是骂。一天,他在后山遇见两条狗肩并肩又在路上走,他骂了一句"狗东西",捡一块石头举起来要打,石头正要离手而去,他家的公狗"汪"地大叫一声,竟然一个箭步跃过来要咬他。二娃一愣,石头掉到地上。他没想到,自己的狗会咬自己。他每天给它喂食呢。它跟他在一个屋檐下过日子呢。但是,这狗竟然来咬他了。二娃害怕起来,尖叫一声,撒腿就跑。

朱家的黄狗咬了人

狗跟狗不一样,各有个性。有的狗咬人不出声,有的狗只是汪汪大叫,却不咬人。朱三家的老黄狗属于后一类,它在世上活了十几年,从来没咬过人,甚至连人的裤脚都没舔过一下。村里人都说它是一条忠厚和善的好狗。

可是这年冬天,它却咬伤了同住一院的陈林。

陈林跟朱三在同一个院子里住了几十年,不仅两家人好得跟一家人似的,连他们养的禽畜也好得同卧一处,同槽吃食,不分彼此。朱三家的黄狗见到陈林家的人,就跟见到自己的主人一样,老远就摇尾巴。它给朱家看门守院,也把陈家看得好好的。

多年来,它对陈林家的人一直客客气气,没有失礼的行为。可是这回,它咬伤了陈林。

它怎么就咬了陈林呢? 要不是陈林自己讲,恐怕没人知道。陈林后来告诉我们,这事起因于那年夏天。那年夏天的一个深夜,他趁着夜色跑进邻村王五的山上偷砍了一棵柏树,已经神不知鬼不觉地把树扛回村里了,没人发现。但是,当他偷偷摸摸走到自家院子的时候,卧在院坝边的老黄狗却汪汪大叫起来。它一叫,全村的狗都跟着叫起来。村里好多人都被惊醒了,有人打开门在房前屋后吆喝着到处看。他的偷窃行为最终没被发现,但那一阵紧似一阵的狗叫弄得他心惊肉跳,心里好久都不能平静,以至后来一听见狗叫就紧张。

就为这事,陈林恨起黄狗来了。以前,陈林他们吃饭时,自家的鸡狗和朱三的鸡狗都来抢吃落在地上的米粒什么的,陈林是没啥想法的,由它们去吧,谁抢到是谁的。但从那以后,陈林再见朱三家的黄狗来抢食,就不高兴了。他想,你乱叫什么呢?吃了人家的也不嘴软,还狂吠乱叫。他恶声恶气地对黄狗吼:"滚开! 狗日的! "黄狗在这院子里生活了十多年,看得懂陈林的脸色。它默默地看了陈林一眼,一声不响地退到一边去了。

这年冬天,陈林家杀年猪,村里许多狗都来场子里窜来窜去找吃的,朱三家的黄狗也在。陈林很烦。但他对别的狗只是吆喝,对老黄狗呢,照它腹部狠踢了一脚。老黄狗疼得在院子里转着圈子叫。

有一回,不知为什么,陈林还打过老黄狗一棒。

从此,黄狗见了陈林,就躲得远远的。

如果到此为止,也没什么事。可是第二年春天,因为一件小事,出了意外。

那天,陈林吃过午饭闲着没事,就串门到朱三家跟朱三说话。朱三正在饭堂木桌上吃饭。陈林拖过一个凳子,在旁边坐着。他对朱三说:"今天是当场天,我想上街看看。"朱三问:"上街干啥?"陈林说:"不干啥,就看看。我好久没上街了。"朱三说:"噢。那你去吧。"陈林却没走,坐在那儿没动。这时,老黄狗从门外进来了。它本来打算穿过饭堂往厨房走,看见陈林,它顿了一下,好像在想要不要走开。不知为什么,也许是在自己家吧,它没返身走开,抬起腿继续往里走。它从陈林身边走过,又从朱三身边走过,眼看就要进厨房了,这时,陈林看着黄狗的屁股,对朱三说:"村里有二十几家人养狗,狗养多了也不好。你看你这黄狗都养了十几年,老得毛都脱了,弄得院坝里到处是狗毛。狗老了也管不了什么事,要是把人咬伤了,还得花钱给人家治病,不如卖了,要不就杀了,杀了吃肉。"朱三听了,打算说"不卖也不杀",但朱三的话还没出口,就看见已经走到厨房门口的老黄狗折身回来了。朱三想,又回来干啥呢?陈林也看见黄狗回来了,他以为它改变了主意,不去厨房而到朱三吃饭的桌子下找吃的来了。朱三和陈林都没想到,黄狗是来咬人的。老黄狗慢慢走着,从朱三身边走过,来到陈林面前,眼看就要走过去了,可是,它突然侧过身子,纵身一跳,扑到陈林身上,将他扑倒在地,然后咬起来。

等朱三反应过来的时候,陈林的左手腕已经烂了一个口子,鲜血直流。

朱三连忙用脚踹了黄狗一脚,将它踹到门外去了。

不到十分钟,半个村的人都知道陈林被狗咬了。人们赶到朱三家时,看见大惊失色的陈林在朱三院坝里又跳又叫:"狗日的!它咬人!我说杀了它呢……这不,它咬人了,它敢咬人!"

杀猪

陈云贤要杀猪了。这是年底,杀年猪。村里好些人家已经杀过了。

杀猪不是一个简单的事,需要一些人帮忙。陈云贤请我们几个去帮他杀猪。把猪杀死,那是屠夫的事,我们只是帮着把猪拖出圈,抬上屠宰台,然后,猪杀了,又帮着脱毛、解肉。这些都不难,我们一边说着闲话一边干活,轻轻松松就能完成。这种事我们干了好多年了。

陈云贤家养了一头大猪五头小猪。要杀的当然是大猪。陈云贤他女人喂的猪真叫肥,肉滚滚的,我们三四个男人费了九牛二虎之力才把它拖出圈门。可能知道要挨刀了,它嚎的那个声音,简直要把天撑破。圈里那几头小猪也嚎叫起来,像有谁要杀

任宪生作品

它们一样。它们这边一叫,邻近几家人的猪也跟着叫,后来就弄得满村的猪都嚎叫起来,听得人心里发毛。

我们把猪抬上屠宰台,死死按着,等屠夫来杀。这个时候,猪动弹不得,叫声也让我们给扼住,像要断气似的,破声破气很难听。屠夫早把自己武装好了,他是个杀猪不眨眼的,一手掐住猪脖子,一手握着刀,准备朝喉咙那地方捅进去了。刀捅进去的时候,当然不是好看的——我们能够想象到,刀子进去之后,接着就是一股冒着热气的鲜血涌出,咕嘟咕嘟响——血越流越多,猪就慢慢死去了。这情景叫人害怕,我就偏过头,不去看。其实,除了屠夫,陈云贤他们也把头偏到一边去了。

谁也没想到,这时候出了意外。我刚刚偏过头,就见一个黑影倏地飞了过来——那黑影是一头小猪,它从圈里跳出来,号叫着,射箭一样朝这边来了。事情是突然发生的,我们看着它像狗一样气势汹汹扑过来了,却一点反应也没有,还死劲按着猪。屠夫反应比我们快,他把举起的刀放了下来——放在左边大腿那儿——正准备歪过脖子去看,可能是看到底发生了什么事。但是,屠夫还没把他的脖子歪过去,那气势汹汹的小猪已经像狗一样扑到他跟前,一口咬住他手里的杀猪刀,横叼在嘴里,转身就跑——很快就跑到屋后树林里去了。

整个过程大约就是半分钟。太快了。我们望着屠夫,屠夫望着我们。我们觉得奇怪,这么一个小东西,居然在这个时候来夺刀,一尺长的刀啊……屠夫说,他这辈子杀了几千头猪,从来没遇到过这种事。

没有刀,这猪当然没法杀了,我们又把猪放下屠宰台。它一下地,就抖着一身肥肉朝猪圈那边跑,很快跑进圈里去了。

这时候猪都不叫了。满村的猪都不叫了。村里一时静得没人似的。

我们隔了一阵才回过神来。我们去找小猪,找它要刀。

陈云贤带着我们来到他家屋后的树林里。那是一片杂树林,又荒又乱。我们分头行动,在树丛中东刨西敲找了好久,最后才见它在一丛茅草里蹲着。

刀还叼在它嘴里。看见我们去了,它也不动,只拿眼睛瞪着。两个眼睛睁得很大。小小的一头猪,叼着长长的一把刀,盯着我们,那样子有些吓人。

我们一边"罗罗罗"的唤着,想麻痹它,一边围过去,打算合力将它捉住。但是,相距五尺远的时候,它突然起身,呼地一下跑了,跑到不远处一棵树下站着,歪过头盯我们。

我们又向那边围过去。它又跑了。

它叼着刀在林子里窜来窜去。我们跟着它在林子里东奔西跑。

我们累得直喘。它也直喘,腹部大起大伏。我们看见,它嘴里开始流血了。是刀刀划出血的。

我们觉得应该尽快把它抓住才对。于是我们重新进行分工,有的围追,有的堵截,有的正面佯攻,有的侧面直取。不久,我们抓住了它。

抓住它的时候,它嘴里已经鲜血淋漓了,却紧紧咬着杀猪刀不放。陈云贤就把它抱在怀里,让屠夫去取刀。屠夫费了好大工夫才把刀取了出来。

陈云贤抱着小猪,屠夫提着血淋淋的刀,我们往回走。

半路上,屠夫问,这猪还杀不杀?

陈云贤说,杀什么杀,不杀了。

这猪就没杀成。

绝食

陈义贤家的狗死了。饿死的。

这狗是陈义贤二十天前从亲戚家抱回来的。他才养了二十天就死了。

陈义贤家原来有一条老狗,半年前死了。他是个什么都喜欢养的人,猪牛就不说了,猫呀、兔呀、羊呀、鸡呀、鹅呀,别人有的他一样不少,热热闹闹养一大家。老狗死去之后,他半年没养狗,心里空得慌,就到亲戚家要回一条小狗。亲戚家的母狗生了一窝小狗,刚断奶开始吃食,他就抱了回来。

这小狗来到我们村,什么都不熟悉,胆儿就小,只在陈义贤家院坝里活动。院坝里有鸡有猫,它想跟它们玩,但猫是一只老猫,老在柴堆里睡觉,不大活动。鸡呢,都在房前屋后刨食,不得空闲;就是有空,它们也不跟它在一块。鸡是鸡,狗是狗嘛。偶尔,邻家的狗来串门,它老远就摇着尾巴迎上去,想跟人家套近乎,但不知为什么,人家不理它,径直走了。——这日子过得很没趣,寂寞。

这寂寞的狗就想在无趣中找些趣来。

陈义贤家的院坝是个土坝,生着很多野草,草丛里有虫子跳上跳下。它去扑那些虫子。虫子很机灵,一有动静就飞了,它从来没抓住过。还有一些蜻蜓在头上飞,它去抓,仰着头从院坝这头跑到那头,又从那头跑到这头,结果只看到蜻蜓的影子,也没抓住。

它玩过一只破鞋。那鞋是陈义贤老婆穿烂的,早扔了,不知它从哪里找来的。它用嘴叼着,左一下右一下在地上摔。摔一个破鞋有什么意思呢,在我们看来,毫无意义。但是它无事可干嘛,它要玩嘛,这也未尝不可。

它玩自己的尾巴。它对着一棵树汪汪大叫。

一天下午,它玩着玩着就咬了一个人。

咬的是村长。那天下午,村长陈子墨从陈义贤家的院坝边路过,它悄无声息跑上去咬了一口,咬在村长左腿上——其实,就是把裤脚扯了一下而已。它这样小,能咬个什么啊。

之后,它撒着欢在院坝里跑了两圈。那是它第一次咬人,兴奋呢。

可是村长不高兴了,他找到正在山上耕地的陈义贤,黑着脸说:"你家那个小东西咬了我。你得好好管管它。乱咬人是不行的。村里要对你进行处罚。"村长是说一不二的人,说完就走了。

陈义贤听了就很紧张,回家把它狠狠教训了一顿。陈义贤是这么教训它的:用树条在它身上抽,抽得它呜呜叫;抽过了,再把它叫到跟前,让它站好,拿手指在它头上一下一下点着骂——你这狗东西,咋能乱咬呢,人家是村长啊……村长,别家的狗都不敢咬他,你为啥要咬? 给我惹祸呀……你这狗东西……骂了半个时辰。

没想到,事情就从这儿开始了。当天晚上,这狗就不吃不喝了。

陈义贤不当回事。他想,不过是打了几下,有啥呢? 你要这样,也好,长个记性,以后不要乱咬。

第二天,它还是躺在狗窝里不动。陈义贤仍然没理会。他想,狗挨打是常有的事,从来没有哪家的狗要计较什么,你要闹就闹吧,看你能闹多久。

谁知,第三天它还待在窝里,抱出来,偏偏倒倒又回到窝里去。碗里的饭食一点也没动。陈义贤这才慌了手脚,赶紧端饭给它喂,却吐了出来,又给它喂米汤,舔了两下,把头偏到一边,又不舔了。陈义贤有些急了,却束手无策,只是叹气……

第四天,小狗奄奄一息。

第五天晚上,小狗死了。

这脾气古怪的小狗就这样死了。饿死的。

吃鱼

羊吃鱼,这样的事你见过吗?

我们见过。村长陈子墨家的羊就喜欢吃鱼。

奇怪是吧?我们也觉得奇怪。

这个怪事,我们是今年夏天发现的。最早的目击者是梦生。梦生是这样说的——那天(八月的一天中午)天气十分炎热,人们都躲在家里歇凉。快吃午饭时,他爹想起圈里的牛,怕它渴着了,叫他提一桶水去喂一喂。他就去屋边的池塘提水。他一出门就看见,池塘边有几只羊,围成一圈,用嘴在地上拱着,好像在吃什么。他感到奇怪,这么热的天,这些羊跑到这里做什么?他边走边"噢噢"地吼,它们不理会,还是低着头在那儿吃。他走拢一看,它们在吃鱼。一条三寸来长的活鱼。他惊奇不已,待在那里半天不知干什么。

梦生说,那些羊的嘴舌和爪子十分灵巧,吃鱼的技巧也不错,骨刺和有苦胆的内脏,都一一剔开,只择肉吃。吃完鱼,它们伸长脖子在池里喝水,喝足了,抬起头来,舔了舔嘴唇(还看了梦生一眼),然后走了,朝村长家走去——梦生说,一看就知道那是村长家的羊,两只白羊,三只黑羊,一共五只。

这事很快就传开了。但是,没人相信,大家认为这不可能,说梦生在讲梦话。

可是,过了几天,陈明海跟人说,他也看见村长家的羊在吃鱼。陈明海说,那天早上,他去烂田湾扯稗子,见村长家的五只羊在他家稻田边站成一排,好像用爪子在稻田里抓什么。他想起梦生的话,怀疑它们是在抓鱼——在我们村,有人把鱼养在池塘,也有人养在稻田,陈明海是养在稻田的,他这稻田里有三四百尾鱼呢——他赶紧跑过去看,果然,它们真的在抓鱼:一只黑羊把前爪往水里猛地一探,溅起老高的水花,水花落定时,一条四五寸长的鱼就出现在田埂上,还活蹦乱跳呢。其他的羊连忙凑上去,用爪子按住那鱼……

陈明海还没说完,陈大安、朱亮亮出来作证,说这事千真万确——他们当时也在烂田湾干活,亲眼看见了。

我们听了,面面相觑——这事太稀奇了!

我们村的人喜欢养羊,养羊的历史可能有几百年了。我们知道,羊这东西从来就是吃草的——它们啃草的技巧是那样熟练,动作是那样优美,简直令人惊叹。当然,它们偶尔也偷吃一点别的,如麦苗之类。冬天大雪封山的时候,还吃主人准备的豆子。草也好,豆子也好,这些都是素食,不沾一点荤腥。从来没听说哪家的羊吃过肉食。可是现在,村长家的羊竟然吃起鱼来,这确实有些稀奇。

大家议论纷纷:村长家的羊怎么就吃起鱼来了?为什么要吃鱼啊?什么时候开始吃的? 还有人问,它们还吃草吗?

草,它们还吃呢,跟大家的羊一样,走一路吃一路。其他问题,就没人知道了。

陈子墨的儿子明娃每天放学后就去放羊,经常跟它们在一起,他应该知道吧?问他,他说,不就是吃个鱼嘛,人能吃,羊就不能吃?有什么大惊小怪的。问明娃的妹妹,她死活不开腔。有人在路上碰见村长,想问,可一想,这不好吧,不好直接问他吧,话到嘴边又吞回去了。

找不到答案,就有人胡乱猜测。跟明娃同住一个院子的五牛说,它们肯定是跟明娃他们学的。他的理由是,明娃他们家几乎天天在吃鱼,煮鱼汤、熘鱼片、煎鱼肝……

他们把吃过的鱼骨、鱼刺这些东西扔在院坝边一个泥坑里,那些羊经常到那儿闻呀舔的,舔来舔去也就喜欢吃鱼了。

对五牛这种说法,一些人将信将疑。因为,陈子墨家从来不养鱼的,他家怎么会天天有鱼吃? 另一些人反驳说,村长家的确经常吃鱼,那些鱼骨、鱼刺都摆在那院坝里呢,能有假吗?

于是大家就纳闷:好吧,村长家天天吃鱼,可这鱼是从哪里来的? 也没见他们买过啊。

有人说:"是别人送的。人家是村长嘛。"

但是谁送的呢,没人知道。村里养鱼的有几十家吧,谁知道是谁?

有一天,我们正在桑园坝割稻子,村长家的羊来了,它们走成一串,往一个空着的稻田走。那田是养过鱼的,现在稻子已经收了,蓄着一田亮晶晶的水。几只羊把水面当镜子,照了照,之后,埋头在田里找起鱼来。

"看来,它们是吃上瘾了。"有人说。

"它们是不是觉得鱼的滋味比草好?"有人笑。

这时,村长突然来了。他在田边站了一小会儿,看看我们,又看看那些羊,脸上笑了笑,一言不发,走了。

他是过路的。

陈三木和他的猪

晚春的一天下午，陈三木和他的两只小猪在村里东倒西歪胡走乱逛的时候，我们知道，他们又吃醉了酒。

陈三木和他的猪经常吃醉。陈三木是个离了酒就没法过日子的酒鬼，一日三餐，除了早上，其余两顿总是要喝酒的。在我的印象中，他似乎生来就这样。猪当然不是生来就能吃酒，是陈三木教的。陈三木为啥要给猪吃酒呢？他的理由是：我总不能一个人吃啊，一个人吃多没意思。他这么讲，不能说没有道理。陈三木是个光棍，家里除了他和两只小猪，再没别的了。就是说，陈三木的家是一个人和两只猪的家。平时，陈三木白天一个人干活，晚上一个人睡觉，空了就一个人说话——他自己说给自己听。只是到了吃饭的时候，才有两只小猪跟他做伴，它们在他身边跑前跑后，你争我夺抢食掉在地上的饭菜，快活得吱吱乱叫，很有些热闹的气氛。陈三木觉得这才像个家的样子，就很高兴，就故意掉很多饭菜。有一天，他心血来潮，还让它们尝尝酒的滋味——起初，它们只舔那么一两下，后来舔三四下，再后来，就跟陈三木一样喜欢酒了。陈三木就笑眯眯地跟他的两只小猪一起吃起酒来。常常是陈三木醉了，两只小猪也就醉了。那天下午，他们又吃醉了。

以往，他们吃醉了是不大走动的，陈三木歪着身子伏在厨房的木桌上睡觉，两只小猪呢,要么偎在陈三木脚边打盹,要么卧在屋边枣树下晒太阳。那天不知怎么回事,也许是醉得深了些吧,也许是春天的气候好吧,他们在家里待不住了,在村里东走西逛起来。

陈三木家距我们家不到二十丈,陈三木和他的两只小猪路过我们院坝的时候,我们刚吃过午饭,正坐在屋檐下歇息。我们先闻到一股酒气,然后看见满脸通红的陈三木走进我们院坝,两只小猪趔趔趄趄跟在他身后。父亲说:"老三,你又喝醉了。"陈三木站在院坝边,先打了两个嗝,然后扬手在空中画了个圈,笑嘻嘻地说:"我们到田坝里走走。今天天气多好,你看……太阳亮晃晃的。"这时,两只小猪走到他前面去了,朝我们家的大白狗走去。我们家的大白狗正躺在院坝当中睡午觉——不知它何时养成了这么个习惯,每天这个时候都要睡一会儿——它们走到大白狗跟前,站住,瞪着眼睛,像看一个什么怪物。一只猪走上前去,拿嘴拱了拱狗屁股,另一只猪走到狗脑袋那儿,对着狗耳哼了两声。狗正睡得舒服,说不定还做着什么好梦呢,让它们这么一扰,惊醒了,一边汪地叫了一声,一边赶紧往起爬。两只猪吱的一声,歪倒着脚就跑。狗支起半个身子,一看是两只小猪,懒得理会,又躺下去。两只猪却还在跑,陈三木就跟过去,一边走,一边"猪儿罗罗"地唤着。他们朝碾子坝那边去了。

碾子坝是一片田地。灿烂的阳光里,麦苗青,菜花黄,一片明媚的景象。陈三木带着两只小猪走进田坝的时候,几个正在地里给麦子施肥的人停下手中的活,七嘴八舌跟陈三木说话:"你看,你又把你的猪吃醉了。""给猪吃那么多酒干啥,猪又不是人……"陈三木傍着地边一棵树站着,卷着舌头说话:"不多,就吃了一点……"他用手比划了一下,他本来是想比划出一个小酒杯,可手不听使唤,结果比划成一个小盆的形状。有人说:"还说不多,你看你的猪……"陈三木偏过头,看见两只猪在一块空地上撒欢——确切地说,它们打算在春光明媚的田野里撒撒欢,可是,刚迈步,还没跑起来,腿却软了,忽然就一齐摔了跟头,两个撞在一起。爬起来又跑,没跑几步又是一个跟头。后来,再次倒地,它们不跑了,卧在地上喘气。陈三木走过去,蹲下身,在猪身上拍了拍:"起来……"它们翻翻眼看了他一下,没理。陈三木就去摸自己的头,他摸住了头上的帽子——陈三木不是秃头,可他一年四季都戴一顶蓝布单帽,一有什么事,他就摸住这帽子——现在,他把帽子摸下来,在虚空里扇着:"起来……"陈三木以为它们会在地下赖着,不会马上就起来,谁知只扇了一下,它们就腾地一跳,呼地窜了出去。其中一只在跳起来的一瞬间,正好把陈三木手里的帽子顶在了头上,它窜出去的时候,也把帽子给顶走了。一只猪顶着个帽子在路上跑,这当然是很笑人的事,大家就哄的一声笑起来……

离开碾子坝之后,陈三木和两只小猪一路相跟着去了桑园坝,然后到了太阳坡、柳树岭……据说,他们走到哪里,哪里就是一片笑。有人看见陈三木抱着两只小猪过一条溪沟时摔倒了,半天不见起来,还听见他在哈哈大笑,过去一看,他躺在沟边的草丛里,两只小猪在他身上乱拱,拱得他四脚乱弹,拱得他在地上打滚——他跟猪逗着乐呢。

谁家的狗对他的小猪"汪汪"叫了几声,他把那条狗追了好远,脚上的鞋都跑丢了一只……

那个春天的下午,陈三木和他的两只小猪在温暖的阳光里和人们的笑声里胡走乱逛,一村人的心情都让他们弄得明亮起来。

可是后来,谁也没想到,陈三木把他的两只小猪给弄丢了。

那是大约七点的样子,太阳已经靠在村后山梁上,半个村子浸在夕阳里,半个村子已经暗下去。田坝里,有人把农具扛在肩上,准备收工回家,在野外活动了一天的牛羊正沿着村外的小路往回走。可是,陈三木却在朝村外走——原来,在他身后跟了整整一个下午的两只小猪,不知什么时候丢了。他正在寻找他的两只猪。他在风包岭碰上正在那儿铲草皮的陈大安,他问:"看没看见我的猪?……"陈大安问:"你不是一直跟着它们吗?"陈三木一副要哭的样子:"我是一直跟着。我在柳树岭睡了一觉,我不知道我是咋的,走着走着就想睡觉……它们也在那儿睡了一觉,就挨在我身边,可是我醒来的时候,它们不见了。我找了好多地方……"这时,陈三木的醉意似乎没有了。

很快,村里人都知道陈三木的猪丢了。在我们村,陈三木这样一个人,他的事就是大家的事,他的猪不见了,就跟我们自家的猪丢了一样。于是,一村人都行动起来,帮陈三木找猪。时间已是傍晚,扛着犁回家的一路走一路唤:"猪儿罗罗。"挑水的女

任宪生作品

人也一路晃荡着水桶一路唤:"猪儿罗罗。"还有人丢下手里的活,四处去找陈三木的猪。三牛到碾子坝转了一圈,陈海到桑园坝走了一趟,陈光华到太阳坡找了一遍,陈三木呢,又把他下午走过的地方重新走了一次。那天傍晚,我们村里到处都有人在喊猪:"猪儿罗罗……"

到天空出现星光的时候,忽然有人说找到了。于是四山八岭的人都回到陈三木的院坝里。原来,陈三木的猪根本就没丢,一村人漫山遍野寻找的时候,它们正躺在陈三木家堂屋的草堆里睡觉。

最先发现它们的是陈大安的儿子三娃,他抱着一颗皮球从陈三木院坝边路过的时候,球掉在地上,又斜着滚到陈三木堂屋去了。他过去捡球的时候,看见草堆里卧着两团黑,一看,正是陈三木的两只猪,它们正在打鼾呢。

大家聚在陈三木的院坝里议论。两只猪已经醒过来,却是酒后的慵懒,一动不动,只骨碌着眼望着满院的人。有人说:"这两个小东西,一村人都在找它们,却躺在这里睡大觉,让我们瞎忙,你说气人不气人?"有人问,它们什么时候回来的?没人说得清。陈三木呢,陈三木只是高兴,他一看见他的猪,就一阵风似的跑过去,把它们抱在怀里,一下一下抚摸。两只猪舒服得直哼哼……

一样都不能少

与一只猫有关

　　各种各样的事物塞满我们这个村子。泥土、麦苗、猪狗，嫁娶、生死……这么说是说不完的，只说那些树吧，后山上、田坝里、房前屋后、路边、斜坡、平地……到处是松、柏、杨、柳、桤木、银杏、香樟、桐树、刺槐、红豆树……什么都有，都随心所欲长着，有的高，有的矮，有的黄桶一样粗，有的筷子一般细，有的歪来拐去，有的溜溜直……村里到底有多少树？谁也说不清，谁也没个完整的印象。树这么多又这么乱，随便在哪个地方偷砍一棵怎么样？没人发现吧？这么想就错了。村里一块石头、一根草都是有所归属的，不说砍走一棵树，就是在某个田边割走一把草，不到半个时辰就会有人出来追究了。有人站出来承认是他干的，解释几句，道个歉，也就罢了，如果无人应答，问的人就要开骂了，声音之响亮，连一村的鸡狗都紧张起来，惊诧地愣在那儿，你望着我，我望着你……

　　就是说，在一个村子，没有哪一样是可以随便处置的。那些看起来无关紧要、可有可无东西，其实是不能随意变动的，否则就会有麻烦。

　　就说一块石头吧，陈小平屋后一块地边有一块桌面大的石头，生在那儿不知多少年了，没人说它好，也没人说它不好。这年陈小平家要铺院坝，差那么两块石头，陈小平就把这石头给破了，抬回来铺在院坝里。到了夏天，下了一场暴雨，后山的洪水正好从原来生石头那地方直冲而下，差点冲垮陈小平家的后墙。陈小平这才知道那石头是少不得的，赶紧从别的地方挪了几块补在那儿。

去年，大约是秋天快过完的时候，开药店的陈大安家那条老黄狗死了。陈大安认为，这狗太老了，成天躺在院坝里晒太阳，管不了什么事，还老是脱毛，弄得家里到处都是狗毛在飞，死了就死了吧，反正跟他同住一院的陈海家还有一条狗。这么想没什么不好，可事情往往就这么巧，老黄狗在的时候，陈大安家十几年没丢过一样东西，它死去才一个月，有一天，还是大白天的，他家就失盗了，被偷走三百多元钱。

该有的一样都不能少。这是生活告诉我们的道理。可是，这个道理往往被人忽视，事后才恍然大悟。比如陈伍，他家就因为少了一只猫，结果弄出大错——他娶进门的儿媳妇不姓张，而是一个姓王的女子了。

陈伍一家偏居村西的山弯塘。山弯塘占据了我们村五分之一的面积，但只住了他一家人。因为是单家独户，所以他家一向养狗养猫，养了几十年。可最近几年不知怎么回事，他家的猫忽然养不住了，总是半途夭折。前年秋天，他家新买的一只猫又死了。陈伍就很丧气，干脆不养。没有猫，陈伍家的老鼠就像春日的野草一样繁盛起来。陈伍家的老鼠胆子真大，光天化日之下，竟然成群结队在人们眼皮底下窜来窜去，忽儿从屋里跑到院坝，忽儿从地下爬上房去，一边跑还一边撒着欢吱吱乱叫。它们把窝从地洞搬进粮仓，搬到灶台，甚至搬到陈伍和老婆睡觉的床上。一天夜里，陈伍正在被窝里做一个发财的美梦，一只从枕边路过的老鼠弄醒了他，他很生气，吼了一声"滚开"，谁知那老鼠也生了气，把他的左耳咬了一口……另一个晚上，一只老鼠（据猜测，可能是一只公鼠）趁陈伍老婆熟睡之机，在她左脸上肆意乱吻，她醒来一掌拍下去，它竟赖着不走，调了个头恬不知耻又在她右脸上吻起来……陈伍的儿子丑牛也深受鼠害，其右脚第三根指头和第五根指头先后被咬破一次……村里人从陈伍他们房前屋后路过，常常可以听见陈伍或他老婆在破口大骂："打呀——打狗日的老鼠！"接着就听见一个什么东西撞在墙上然后又落到地上的闷响。但从来没见他们打死过一只老鼠。抓老鼠生来就不是人干的事。

那年冬天，邻村的张玉英来给丑牛提亲，女方是她娘家一个侄女，叫张芳。相约先在镇上见了一面，双方都觉得合适，女方就提出要来丑牛家里看看。来了一看，生活条件、家境什么的都还可以，亲事就有了七成把握。照乡里的规矩，女方头一回来男方家，是当天来当天回，不在男方家住宿。可既然双方都没啥意见，陈伍一家又极力挽留，那张芳的母亲还想把男方家里看个仔细，就同意住一夜。哪知道，这一住就出了事，眼看将成的亲事黄了。

本来，这天晚上双方谈得很投机，两家亲得跟一家似的。到夜深就寝时，丑牛母亲给张芳和她母亲安排一张宽宽大大的新床，铺的盖的也都崭新，那张芳一夜嗅着新鲜的棉布气息入梦，荡漾在心里的是一种异样的甜。谁知第二天早上起床一看，张芳的袜子不见了，而她母亲放在床下的布鞋却多了一个洞。这也罢了，张芳穿好衣裤一看，发现她新买的裤子上也有一个洞，那洞不在别处，竟是裆部……

吃过早饭，张芳和她母亲走了，从此再没来过。

张芳母亲对媒人说：不吉利，恐怕以后没好日子过。

亲事就这么黄了。

惹祸的当然是老鼠。

陈伍这才感到少一只猫的严重后果。他发誓要养一只猫。三天之后，陈伍果然从街上买回一条一岁的公猫。说来也怪，这回他家的猫养得很顺利，没病没痛的，越长越肥。老鼠呢，都钻进地洞或迁到别的地方去了。

去年冬天，丑牛结婚了，新娘是邻乡一个姓王的女子。丑牛结婚那天，有人说，当初要不是老鼠作怪，跟丑牛一起过日子的就是张芳了。有人说，关键问题不在老鼠——谁家没老鼠呢——主要是陈伍家那时缺了一只猫，没有猫，丑牛的女人就只好是现在这个娃王的了。

丑牛的女人叫王珍。我们都认为，跟张芳比，她差多了。

少了一只鸡

那天早上，村里少了一只鸡。

我说过，这个村子既是人的，也是牲畜们的，大家长年累月生活在一起，抬头不见低头见，彼此的行踪谁不清楚？村里某一天少了一个人——外出了也好，病在床上起不来也好，大家都知道；少了一只鸡——卖了也罢，给野物叼走了出罢，大家也知道。

这只鸡是陈林家的。早上，太阳刚把村子照亮，陈林就提着一只大红公鸡朝过街楼走，——过街楼是距我们村最近的场镇。他从村东走到村西，然后出了村。一路上碰见好几个在地里干活的人，于是大家就知道陈林这天上街卖鸡去了。在我们村是这样的，什么消息都像一阵风，一件事，只要有一个人知道，就等于全村的人都知道了。

但人们知道的只是这么一件事：陈林卖了一只鸡，一只鸡从此离开了我们村。至于少了一只鸡之后，村里在某些方面是否有所变化，想也没人去想。表面看，少一只鸡或多一只鸡，这样的事在村里经常发生，少了就少了，多了就多了，村子不还是这个样子吗？能有什么变化？但是，这次是个例外，因为少了这只鸡，村里有些事的确发生了变化，变化之大，令人吃惊。

知道这变化的，最初只有陈林的儿子陈羽——他肯定知道，因为他从头到尾经历了这场令他刻骨铭心的事件——我后来之所以知道，是他告诉的。

陈羽那时在镇里的中学校读初中。那天正好是星期天，他从学校回来过周末。他娘分给他一项任务：剥玉米。那天早上，他就坐在院坝里剥玉米。他们家这年的玉米丰收了。

变化首先是从陈羽他们家的院子里发生的。陈羽发现，这天早上他们家的鸡都在院坝里呆着，没去外面觅食。以往，它们早上一出圈门就跑到外面去了，在房前屋后的林子里刨来刨去，或者去离家很远的田坝里觅食，直到中午时分，吃得饱饱的才回家。但是这天早上，它们在院坝里东张西望，都心事重重的样子。最躁动不安的是

任宪生作品

那只麻公鸡和那只漂亮的白母鸡,其他鸡偶尔还在地上啄一嘴什么,它们却一直昂着头在院坝里走来走去,焦急地四下张望。陈羽明白,它们在寻找那只大红公鸡。它们不知道大红公鸡被提到街上卖了。

后来,陈羽看见鸡群忽然大乱。是那只麻公鸡在制造混乱,它在追赶那只白母鸡。陈羽这时就想起陈仕国的话——陈仕国(跟陈羽他们是邻居)是个顶有趣的人,他有一次开玩笑说,根据他的观察,陈羽家的九只鸡(这天早上以前,陈羽家一共养了九只鸡,母鸡七只,公鸡两只)分属两个"家庭",四只母鸡跟大红公鸡是一家,另外三只母鸡跟麻公鸡是一家;问题是,那麻公鸡不知足,一直在打白母鸡的主意,而那白母鸡跟红公鸡是一家,两个恩爱得很(陈仕国还举例说:白母鸡总是跟红公鸡在一起,去哪里觅食,红公鸡说了算,它领着它去。红公鸡刨到了吃的,总是先让白母鸡享用),根本不理它;何况,红公鸡十分勇猛,麻公鸡不是对手,它们为白母鸡决斗过好多回,每次都以麻公鸡失败告终……以往,陈羽觉得陈仕国是在信口雌黄,鸡就是个鸡啊,也闹争风吃醋这种事?笑话!但是现在,陈羽觉得陈仕国的话很有道理。你看,红公鸡不在了,白母鸡就像失去丈夫的妻子那样焦急不安,在院坝里走来走去,丢魂落魄的样子。那只麻公鸡呢,陈羽后来给我讲这件事的时候说,其实,麻公鸡这天早上一直很耐心地等着,当它确信红公鸡不会回来了,立即行动起来,向白母鸡发起进攻。它要在光天化日之下实现它的爱情梦想。它一次一次面对白母鸡张开翅膀,敞开胸怀,无所顾忌地向白母鸡表达它的爱意。但白母鸡不接受,一跳跑开了。它又追上去,白母鸡一跳又跑开了。麻公鸡锲而不舍地追着,弄得鸡群大乱,咯咯直叫……

陈羽一边剥着玉米,一边看麻公鸡不屈不挠地表达爱情。看着剥着,不知什么时候,他的思想跑马了,他想起了自己的心事。陈羽后来认为,那天早上院子里太安静了,他独自一人在院子里干活(他爹上街了,他娘在后山种洋芋),而两只鸡在他面前肆无忌惮地进行爱情表演,这很容易让他(一个十三四岁的少年)陷入幻想之中。陈羽的心事就是由麻公鸡追求白母鸡引起的。他想起了他的初恋。陈羽性格内向,多愁善感,他因此过早地涉足了恋爱。他半年前就爱上了班里一个女生,但到现在还是一个秘密,一直藏在他一个人的心里,那女生也不知道……她的皮肤多细多白,眼睛多亮啊,嘴唇红润得……那天早上,陈羽把那女生的美丽又在心里描画了好几遍。那天早上,陈羽想到最后,做出一个决定:他要把自己的心里话告诉给她,越快越好。

两天以后,陈羽按他想的那样做了。他没有当面亲口告诉她,他写了张纸条偷偷塞进她的书桌里。

但是结果很糟,他被学校开除了。老师说,他写在纸上的话太肉麻,简直就是一个流氓的腔调。

陈羽就此离开了学校。他原本是一个很不错的学生,运气好的话,说不定以后能考一所像样的大学,那样的话,我们村就有一个大学生了。可是他从此离开了学校,到现在还是个农民,跟大家一样,种田。

多年以后,有一天,我跟陈羽在他家喝酒——那是暑假,我从外面回来,他请我去他家做客——我们喝醉了,陈羽才把那天早上发生的事告诉我。他当时说,他的命运跟那只麻公鸡有关,也跟那只卖了的红公鸡有关。

"因为少了一只鸡……"一句话还没说完,他就伏在桌上睡着了,还打起了鼾。

趣闻录

捉麻雀

说说那只公鸡的事。

这是陈子离家三十多年前养的一只鸡,现在当然不在了,早已老死,但在我们村,它的故事一直在流传。

三十多年前,我们村里闹了一场饥荒。这一年,从春到夏,整整半年没下过一场像样的雨,几乎每天都是阳光普照,烈日烤得土地冒烟,麦苗枯死了,油菜也干死了,地都成了空地……旱成这样,土里刨不到吃的,村里人都去五里外的河沟里挖野菜、捋树叶,回来拌些糠末,煮熟了填肚子。那年我十一岁,因为饥饿,学也不上了,拿着一把小锄头,成天去那河沟里转悠。每天都有几十号人在那里找吃的,河沟里很快就光秃秃的了。后来,大人们到更远的地方寻找食物,我们没事可干,也干不了什么,就坐在自家门口,一边喝凉水,一边望着满地亮晃晃的阳光发呆。

但是,在我们饿得两眼昏花的时候,陈子离他们家的人却在吃肉。

他们吃的是麻雀肉。虽然不是猪肉羊肉,但是,这种时候,管它什么肉呢,只要有肉吃,那是多么幸福的事啊。

陈子离家之所以有肉吃，是因为他家养了一只好鸡——就是开头说的那只公鸡。

这只鸡善捉麻雀。

其实，这只鸡很普通，体瘦，个头小，模样毫不出众，外人之所以能把它与别的鸡区别开来，是因为它长着一身黑羽毛。

饥荒刚开始的时候，它跟别的鸡一样，成天在野地里东刨西抓找虫子，弄得灰头土脸，样子十分难看。还老跟别的公鸡打架。打架的原因是，它好不容易从泥地里刨到一点吃的，比如一条小虫，正要狼吞虎咽，不料旁边一只个大力猛的公鸡扑了过来，一嘴啄了去——饥荒年月，又遇上这种事，肯定要打架的。但失败的总是它。它的个头和力气都比不过别的公鸡。有一次，我从陈子离他们院坝边路过，正好看见它失败的狼狈相——斗败的公鸡，不说你也知道。

后来，就看见它远离了鸡群独自活动，这里刨刨，那里抓抓，有些孤独的样子。

再后来，就有人看见它抓麻雀了。据最先目睹的毛娃说，有一天上午，它在陈子离家的院坝里抓了一只麻雀，抓住了，就叼到柴堆旁边悄悄吃。那时，别的鸡都在野地里寻找食物，家里就它一个，它慢条斯理吃着，把那只麻雀吃得只剩一副骨架。

起初，我们不相信。村里早就有人打过麻雀的主意，但没有米麦之类作诱饵，它们根本不往圈套里钻；徒手抓吧，麻雀这东西动作敏捷，饿昏了头的人怎么抓得住呢。连人都抓不住的东西，一只鸡又能怎样？

可它确实抓住了。有一回，我和丑牛从陈子离的房前路过，正好看见它在院坝里抓麻雀，它是这样抓的：先在麻雀周边若无其事地走，东看看，西瞧瞧，像个悠闲的财主在散步，对麻雀，好像视而不见。这是故作姿态，麻痹麻雀的。麻雀忙着在地上觅食，顾不上别的，这鸡就神不知鬼不觉，慢慢靠近去——靠近了，样子还像是个过路的，仿佛会马上离开。麻雀没有生疑——它们与鸡从来就是井水不犯河水，会疑心什么呢，只管干自己的事。鸡却在这时下手了，它瞅准机会，猛一转身，一嘴啄去，啄住麻雀的羽毛，再噗的一爪按下去，一只麻雀束手被擒了……

我和丑牛看得发呆。我们觉得这只鸡太厉害了。我们甚至羡慕起陈子离来——

他有一只多么了不起的鸡啊。

跟我们猜想的一样,过了不久,陈子离他们也吃起了麻雀肉。

麻雀都是那只黑公鸡给他们抓的。

陈子离的儿子二狗告诉我们,起初,黑公鸡一天能抓三四只麻雀,仅够它自己吃。后来,大约是技巧越来越熟练,田坝、岭上、竹林、荒坡,哪里有麻雀,它就往哪里跑。捉的麻雀也越来越多,一天七八只,甚至十几只。这么多麻雀,它当然吃不了,二狗就跟在它屁股后面捡了,提回家让他娘炖汤,或者剁碎了炒着吃。时间一长,那公鸡似乎懂了他的意思,除了自己享用,每天还要为二狗他们捉麻雀。

这样,当我们提着篮子四处挖野菜的时候,二狗他们是提着布袋跟在公鸡后面捡麻雀。

我们饿得两眼发花,二狗他们却有肉吃。

村里人都夸奖这只鸡:它真了不起。

吃草的猫

陈海养了一只奇怪的猫。这猫喜欢吃草——就是村路边随处可见的野草。

猫是陈海从亲戚家要来的,才两个月大。通常,养猫是很随便的,人吃啥它吃啥,睡嘛,不一定有窝,屋角呀,鸡窝下呀,有个地方落身就行。但陈海想,这猫小,又刚来,得照顾一下,就专门给它搭了一个窝,窝里还铺上些草——从地里扯回来的野草,铺在窝里,睡着软和。那是初夏,野草多的是。

最初,这猫吃的就是窝边草。我们猜测,它有时躺在窝里没事,草就在嘴边,偶尔吃上几口,在嘴里嚅嚅地嚼,好玩罢了。草这东西,有一种诱人的清香。不说牲畜,我们人也是喜欢嚼一嚼的。没事的时候,比如空着手走路,或者坐在地边歇息,我们就爱扯棵草在嘴里嚼——有点涩,又有点甜,很吊人的胃口。所以一开始,听说这猫吃草,我们不觉得奇怪。

可是后来,情况渐渐有点不对劲了。陈海说,每次饭后,它都要吃点草,就像城里人在正餐之外,还要喝茶、吃点心一样。

看来,它是吃上瘾了。我们觉得这就有点怪了,得想想办法。我们建议,不能在它窝里铺草了。陈海说,没铺了,可是,窝里没草了,它就跑到屋边草地里去解馋,一天要吃上两三次。

那就关它几天试试?陈海就把它关在屋里,不让出门。

但是,仅仅关了一天,猫却生起病来——不吃不喝,还上吐下泻,好像得了重病。

是不是没有吃草的缘故?放出来试一试吧。它出得门来,头一件事就是奔向院坝,在草地里狼吞虎咽。这一回,它吃的比哪一次都多,把头一天少吃的也补上了。

怪了,它又吃饭了,也不吐不泻了,啥事没有。

既是这样,那就由它去吧。

现在,这猫长得肥肥壮壮。它在村里走,哪儿草好,就停下来吃上几口,像一只羊那样。

看电视

一只鸡,它的眼睛在寻找食物之外,还喜欢看看电视。

这是一只白母鸡。陈仕强家的。如果你现在到我们村来,还可以看到它,它天天在陈仕强家房前屋后转。

一只鸡,竟然也看电视——呵呵,这可真是有趣。

在我们村,电视这东西是上个世纪八十年代末出现的。最早是黑白,全村就只陈志贤家有一台,十四寸的。农闲的时候,一到天黑,村里一半的人都跑到他家看电视。现在是彩电,好些人家都有了,晚上,各家的电视都亮开嗓门,他家在唱歌跳舞,你家在挥刀弄枪,村里到处是人欢马叫,热闹非凡。有电视看真是好啊。可是,这么多年来,看电视的都是人,从没听说谁家的猫狗或者鸡鸭对电视产生了兴趣。

对这种新鲜玩意儿，它们一向是视而不见的，你看连续剧动情了，泪水长流，它们卧在那里打呼噜。

可是现在，陈仕强家的母鸡看起电视来了，你说趣不趣。

现在说说这只鸡怎么看电视。它是鸡，不像我们那样悠闲地坐在椅子上，它跳上桌子，站在那儿对着屏幕看。陈仕强把电视机放在一张宽大的木桌上，它眼睛盯着电视，脖子一歪一歪的，看得很入神。

电视里什么都有，一个人挥着刀吆喝着追杀另一个人，它现出吃惊的神色，把脖子退回来一点，好像怕伤及自身。有蔬菜或者虫子出现的时候，它用嘴去啄，一啄，嘣的一声，嘴给碰了回来……

它是个电视迷。不管什么时候，只要一开机，声音一响，它马上跑步而来。好像它一直在什么地方等着。

有必要补充一下，陈仕强的女人张腊梅很喜欢这只鸡，她俩经常一起看电视。张腊梅一般站在桌子旁边，她眼睛看着电视，一只手在白母鸡背上抚来摸去。鸡呢，安安静静的，让她摸。她俩就这么看下去，直到张腊梅说不看了，该干活了，或者该睡觉了，关了机，它才跳下桌子，走开。

你可能要问：一只鸡，它怎么就迷上了电视？什么时候迷上的？这些问题我曾问过陈仕强，他的回答是："不知道。"他不知道，我当然也说不出来，很抱歉。

走失的狗

那天上午，陈三贤背着一袋稻谷去过街楼赶场。他家不满一岁的小黑狗也跟了去。

他背着百多斤稻谷，一路走一路歇。那狗因为是第一次上街，有点胆怯，亦步亦趋——他歇气，它在旁边等，他开步走，它也迈开步子走。

可是上街不久，他们两个就分开了。他没看见它，它也没看见他。陈三贤事后对我们说：它头一回上街，一下子遇到那么多人，可能有些紧张，东张西望，结果把他跟

任宪生作品

丢了。

他把稻谷卖了，又到商店买了化肥和水管之类的东西，最后到街上找了两个来回，还是没有看见他的狗。到了下午，已经三点半了，他只好往回走。

他一路走一路想：狗丢了，不知它在哪里，会不会有人欺负，能不能找到回家的路……他很不放心。

然而，出乎他的意料，傍晚的时候，小狗回来了。

它是跟陈述回到村里来的。

陈述那天也在过街楼赶场。据他讲，他办完事往回走，刚出街口，就发现身后跟着一条小狗。离他三四丈远。他停，它也停，他走，它也走。离他不远不近。他不理它，走自己的路。他不知道这是陈三贤家那条小狗。

这样，它一直跟着他，一直跟回村里。

陈三贤看见小狗的时候，很惊讶："这狗东西，你回来了呀，我还以为你丢了呢……好，回来了就好。真聪明……"

有人问陈述："你不知道它是我们村的狗？"通常，一个村的人，应是认识村里的狗才对。

"我怎么认得它呢？这样一条小狗……"陈述说。

"那它一定认得你了，它晓得你跟它是同一个村子的……"

"它好像认得。一路跟我走回来的嘛……"陈述高兴地说。好像他是有功的人。

大咪

前几天，一只骨瘦如柴的猫忽然跑进李秀丽家。奇怪的是，它一进屋就蹿到李秀丽的床上，安安静静地卧着。

李秀丽先是疑惑，随即又惊喜得拍起手来——原来这猫竟是她家的"大咪"，失踪两个多月的"大咪"回来了！

这事有些曲折,得从前年说起——

前年秋天的一个下午,李秀丽在屋后菜地里种菜的时候,发现一只又脏又瘦的猫在她家房后的竹林转悠,她观察了好久,最后断定,这猫可能是从别处流浪来的,没有落脚的地方。于是,她把这猫抱回家养起来。她女儿秋菊给它起名叫"大咪"。

"当时它瘦得很,只剩一把骨了,还脏兮兮的。我们养了两年多,它长成了十二斤的胖子。"这话是李秀丽现在说的。猫回来了,她高兴。

既然现在猫回来了,那么,它中途到哪去了?是这样的——李秀丽的二妹李娟今年春天来找她,说她家老鼠多,满屋打洞,吃粮食,咬衣服,弄得全家人心惶惶,她要借姐姐的猫用一用。李秀丽很爱这猫,舍不得它离开,可是妹妹要借,也不好拒绝。她们当时说好了,最多借一个月,到时一定归还。

"二妹是上月十五来捉猫的。我怕它半路上跑出来,特意找了一个纸箱子,把它放在里面,盖好盖子,二妹提着它往家里走……"李秀丽对那天的情景记得一清二楚。

但是,出人意料的是,当天晚上,李娟把"大咪"捉回家才一个多小时,它就跑了。第二天,李娟又来我们村,对她姐姐报告:"我怕它乱跑,回家就找根绳子拴着,结果,它把绳子挣断,还是跑了。那绳子结实啊,不晓得它是咋挣脱的……"

李秀丽气得直瞪眼。她想,它之所以要跑,肯定是想回家。可二妹家距我们这边二十多里,这路它从没走过,这一跑,如果找不到回家的路,不就丢了吗?

过了一周,没消息。又过了一周,还是没消息。李秀丽就断定真的丢了,不会回来了。

但是,两个月之后,现在,它突然回来了!

据最早看见大咪的陈仕兵讲:"前天早上,我们在桑园坝给麦子施肥,听到堰塘那边有猫叫,一看,又瘦又脏,估计是哪来的野猫,就没理它。但它一直不走,总在那边叫,我就觉得有点怪,心想,会不会是李秀丽家的猫呢……"

李秀丽赶到桑园坝一看,不像她的猫——它的模样大变,又脏又瘦,瘦得皮包骨。可是,这猫却跟她亲热,在她身边喵喵叫,还蹭她的裤脚。她在前面走,它在后面跟着，一直跟到家——回家之后，它就跳到李秀丽床上去了。

这一来，李秀丽完全信了："以前在家时，它经常跑到床上耍。这就没错了，它是我家的猫。它回来了。"

可是，有个问题她一直想不明白："就二十几里路，它走了两个多月？这么长的时间，它是怎样走的？……"

谁知道呢？

烟瘾

听说，陈明海家那条小狗是个"烟鬼"，它一闻到香烟味，就从老远的地方凑过来，绕着抽烟的人转圈子，一边转一边耸着鼻子"吸"烟。如果两天不"吸烟"，它就食欲不振，打哈欠，流眼泪，一副无精打采的样子。

那天是星期六，我从学校回到村里，去陈明海家看稀奇。

这是一条毛色纯白的狗，体长一尺多。我去的时候，它正在院坝里和其他两只小狗玩。

陈明海也在家，他知道我的来意后，说："你点支烟试试。"我不抽烟，他就点上一支，站在屋门口抽起来。那边的小白狗很快闻到了烟味，不玩了，站在那儿耸鼻子，又四处看，看见陈明海抽烟，跑了过来，一边对他摇头摆尾，一边把两只前脚举起来，搭在他腿上，向上竖着身子，伸长脖子——陈明海说，你看，它想"吸烟"呢。

我们进屋，坐在沙发上，它跟进来，在我们脚边转来转去。陈明海朝它吐烟圈，它身子向上一耸，把前脚搭在沙发上，仰着头，张开嘴，鼻子一吸——烟雾就一缕一缕往它鼻里去了。

陈明海抽完一支烟，它也过了瘾，扇扇耳朵，舌头在嘴边舔了舔，摇摇尾巴，走了。很满足的样子。

陈明海说，这狗还不满两岁，它能"吸烟"，是他儿子陈春贤教的。说起儿子，陈明海有些生气——这家伙十岁就会抽烟了,这狗来到他们家后(亲戚送的),他总爱吐着烟圈逗它玩,天天闻烟味,结果,它不到一岁就有了烟瘾。

"如果两天闻不到烟味,它就无精打采,吃东西也不行。它一直跟着你,打哈欠,流眼泪,样子可怜得很。这时候,吸支烟给它过过瘾,它就好了。"陈明海说。

这也算是怪事了。对此,村医陈云贤这样解释:闻烟味和吸烟一样,只要时间长了(他认为大约三个月左右),就会有烟瘾。"这是一种生理上的变化和需要。不管是人还是狗,都一样。"

"我也抽烟的,为啥我家的狗没学会,只有他家的狗学会了?"有人问。

"这个,可能是个体差异吧。"陈云贤说。

可能是这样吧。村里人似信非信。

官司

秋季的一天,邻村的苟于森跑到县里的法院去告状,要求我们村的陈明国赔偿他儿子苟安的死亡补偿费、精神损害抚慰金等共三万元,并承担相关刑事责任。

我们村的人听说这事后,都忍不住发笑:他该去告那条大黄狗啊,与陈明国有啥关系?

苟于森的儿子苟安是让陈明国的大黄狗追死的。

得从头说起。九月二十八日上午十点多,陈明国家失窃,放在衣柜里的五十块钱被盗。小偷就是苟安。那天,陈明国一家老小都在神潭河砍柴,家里没人,因此,苟安的偷盗进行得很顺利。可是,当他从陈明国家出来,正要逃跑,陈明国家的大黄狗从邻居家串门回来了——它一见院坝里有生人,"汪"的一声叫起来,一个箭步冲过去。苟安见事不妙,撒腿狂奔——奔出院坝,跑过橘子林,翻过山梁,往桑树坪方向逃去。大黄狗紧跟其后,穷追不舍。可是没想到,跑到桑树坪堰塘那儿,苟安突然倒地,口吐白沫,死了——人命案就这样闹出来了。

苟于森就告到法院，法院随即派人侦办。调查的结果，法院在后来的判决书上是这样写的：某年九月二十八日上午十时许，苟家坝村二十一岁的苟安撞入三脚湾村民陈明国家翻箱倒柜，盗走现金五十元，被陈家的大黄狗逮个正着，追至桑树坪堰塘处，苟安倒地，二者厮打起来。苟安用石头击打大黄狗，大黄狗则咬其左腿三口，咬其右手一口，致其鲜血淋漓。此时，三脚湾村民陈某、王某等闻讯赶到，刚把大黄狗赶开，正要搀扶苟安，不料苟安突然脸色发白，呼吸急促，随后口吐白沫，不省人事。三脚湾村治保主任朱有玉赶到现场时，苟安已经死亡……

苟于森在起诉书上说，因御狗无术，伤人致死，要求狗主人陈明国赔偿其子死亡补偿费、精神损害抚慰金等三万元，并承担相关刑事责任。

法院说，根据法医鉴定结果，死者苟安生前患有潜在性肺部疾病（肺气肿），事发当日，因快速奔跑，导致急性呼吸功能衰竭死亡。事发时，陈明国及其家人未在现场，与当事人苟安死亡没有关系。据此，法院作出如下判决：被告陈明国不承担相关刑事责任，但对其所养之犬管护不力，以致伤人，应付医药费两百元。

判决出来后，附近几个村的人都在议论。有人说，一个人让狗给弄死了，有点亏呀。有人说，他苟安做出这种事，还有脸见人吗？自己发病死了，跟狗有多大关系？……议论来议论去，四面八方的人就知道我们村有一条了不起的狗了。

从那以后，外人到我们村来，都很小心。

我们村再也没人丢过东西。

微笑的苹果

微　笑　的　苹　果

从乡村来到城市

跟文字说话

我在城市边缘的一条小巷里赁屋而居。小巷很窄,却弯弯曲曲拉得很长。小巷出头,就是鸡鸣犬吠、绿树修竹的乡村。

我是几个月前住进这条小巷的。此前,我一直待在远离城市的乡下,在一个名叫茶垭子的村庄生活了三十年。三十年,这是一段多么漫长的时光,它早已把我从骨子里打磨成一个地地道道的乡下人。来到城市之后,夜深人静的时候,我常常听见村庄在远处呼唤我的名字。

在这座城市,我没有亲人。我的亲人都在那个遥远的村庄。

偶尔上街走走,听见满街的人都在说话,但没一个人是跟我说。我就是想说些什么,也不知道该对谁讲。我不认识他们,他们也不认识我。像哑巴似的在街上闲逛一阵,我又回到小巷深处的屋子里待着。

独自一人,我并不觉得怎样孤独。我乱七八糟读些书,长时间跟纸上那些文字说话。我的坐功不错,常常一坐就是半天。我在桌上同时摊开几本书,哪本好就捡哪本读。纸上的文字都是可爱的精灵,它们在我的阅读里鲜活灵动起来,有了呼吸和心跳。我爱文字,我一个一个叫着它们的名字,用手亲热地抚摸它们。我喜欢诗和一切具有诗性的文字,尤其是那些乡土气息浓郁的,遇上这样的文字,我就朗读。很多时候,我读着读着就流下泪来。我知道我在文字面前流泪了,文字在我的泪眼中婆娑起来。让泪挂在腮边,我读着,直到屋子里的光线渐渐暗淡下去。之后,我在逐渐老去的时光里静静坐着,怀想一些在乡下经历过的那些往事。

我住在四楼的一个房间里。我流着泪朗读那些文字,不会引起别人注意。在这条巷子里,四楼是最高的位置,我的声音越出窗户之后,不是落下去,而是向上飞到天空去了。也许,空中的飞鸟听见我在朗读,看见我泪挂腮边,但它们没有惊诧或议论纷纷。我为此感到慰藉。

在乡下的时候,我每天跟人说话——同住一村的乡里乡亲,见了面总有许多话要说。来到城市之后,我主要是跟文字说话了。

现在,我已经习惯这样,同文字说话,我感到轻松愉悦。

有人敲门

听,又有人敲门。

这座城市有好几十万人,虽然我满街找不到一个可以说话的,但是奇怪,总有人来敲我的门,像老相识那样,砰砰砰,把门拍得山响。

他们敲门多半是在傍晚或夜里。我曾经接待过四位陌生的敲门人。一个是卖菜刀的,他是天快黑时敲门进来的,要我买他的刀。一个是磨刀的,他也是天将黑时来的,声称要把我的菜刀磨得锋利无比。还有一次是晚上八点多,两个女的结伴而来,向我推销"性病防治新法"。我这人胆小——听说,城市复杂,杀人、抢劫这类骇人听闻的事,多是不速之客趁着夜色乘人不备干出的勾当。虽然我不曾遭遇此等祸事,但夜里老有生人来敲门,我没有理由不疑神疑鬼。

所以,听见门响就不免紧张。正在哼唱的一支曲子不哼了,咳嗽也赶紧刹住。屋里一下静得出奇,仿佛根本没人似的。其实,里外各有两只耳朵在隔门谛听。敲门人透过门缝早就看见屋里亮着灯呢。有灯就有人。于是敲门声越来越紧。

"谁?"

"×××住这里吗?"

×××是何许人?

——"没有。"

将他拒之门外,就是将可能的危险拒之门外。

但终究还是有人进了我的门。

那天傍晚,我从外面回来,进屋就忙着燃火做饭,忘了随手关门。淘米、洗菜,干得很投入。突然间觉得有些异样,转身一看,吓人一跳——一个身坯壮实的男子两手叉腰站在面前,他身后还跟着一个又高又瘦而眼睛很大的女人。他们一前一后站在那儿看着我。我能想象到,他们刚才看我的后背和后脑勺已经好一阵了。我心里不由一阵发毛。我不知道他们要干什么,我的第一个反应是,手里应该有一样东西……案上有刀,墙角还有两根木棒。我想,要是出了什么事,可别怪我。

他们却笑起来,笑得模棱两可。男的说:"我们来看看,嘿嘿……"女的把男的推开:"我们来看看,你家的下水道是不是出了问题?"

我有些愣神:"什么问题?"

"我们家下水道堵住了。"女的指了指楼上,"我们就住在楼上。你家的下水道是不是也堵了?"

是这事啊。虚惊一场。

另一个生人进门,却是被我自己放进来的。那晚九点多,我正在灯下看书,忽听一女子一边敲门一边大喊:"陈礼贤。陈礼贤。"自从住进这条小巷,还是第一次有人来门口叫我的名字。是谁呢?

"才半年不见,连我的声音也听不出了?快开门。"听这口气,不是同学、朋友就是乡下的什么亲戚找上门来了。赶快开门。

任宪生作品

进来的是位二十多岁的长发女子，眉清目秀。可我不认识她。她似乎也不认识我，进了门，对我一笑，算是打了招呼，然后径直走进客厅，放下手里的提包。她往凳子上坐下去的时候，对着厨房那边喊："陈礼贤。"没人应答，她望着我："陈礼贤呢？"

我不觉得奇怪。我明白她一定弄错了。

"我就是。"我说。

"你？"她有些惊异地站起来，"你怎么是……呢？"

接下来是她慌乱了。她把屋子扫视了一眼，很快抓起提包朝门口走去。她的脚步有些踉跄，在门口那儿，她的左脚踩在她的右脚上了。

出了门，她回头说："对不起，我找的人肯定不住这里了。"

"你找的人他也叫陈礼贤？原来也住这里？"如果真是这样，真是巧得出奇了。

"是啊。"

"他的名字怎么写？"

"路程的'程'，道理的'理'，明显的'显'。"

"程理显？"

"对。"

噢。

端一锨火走过大街

那天中午，在这座喧嚣的城市里，我端着一锨火横穿了一条大街。

那时，冬日的阳光格外亮丽。许多人懒洋洋地在街边漫步，来来往往的汽车在洒满阳光的大街上欢快地奔驰，它们像在水上飞，"唰"的一声就过去了。就在这时，我端着一锨火横穿大街。我穿过大街的时候，街道两边的人都投来惊奇的目光。

我端火是因为我的火炉灭了。是中午下班后发现的。火灭了,当然得重新把它生好。我一直用煤炉烧火做饭。我原本打算用木柴生火,可是没有木柴——城市多的是钢筋水泥,木柴却是难得的,哪像乡下到处都是呢。又想拿块煤球跟楼上楼下的邻居换块燃煤,这倒简便,可家家正忙着做饭,等着用火呢,谁愿意?这样,我只好去我们单位办公室端一锨火回来生炉子——去我们单位只是一箭之地。冬天,我们单位的人靠炭火御寒,火盆里随时焐着一堆火。

我拿着一把没有木柄的铁锨下楼,出了巷子,横穿大街,来到一幢大楼前面。我们办公室就在这幢楼第二层。上楼,掏出钥匙打开大门,径直走向一盆炭火,用火钳拨开一层白灰,掏出燃得红红亮亮的炭火放进铁锨。我一共掏了五块火炭,足够引燃一炉煤球了。

端着一锨火,我又来到街边。街上飞来飞去的汽车真多。我站在街边等。锨里的炭火在阳光里散发着暖热的气息。偶尔一阵风吹来,五块火炭晶晶然亮得透明,仿佛一张张笑得灿烂的脸。

车少了,我开始过街。双手端着铁锨,小心翼翼朝大街对面走。我看见,正在街边漫步的人停了下来,蹦蹦跳跳的年轻人和嘻嘻哈哈的孩子们也停了下来,他们站在街边注视一个正在横穿大街的人。瞥眼之间,我看到他们诧异的目光。过往的车辆经过我身边时放慢了速度,或者稍稍绕一下弯。有司机探出头来看,他们的脸上有模糊不清的笑。当时,我没有时间去想我的举止有什么异常。我在凭经验办事,在我们乡下,谁家火柴用完了,就去邻家借火,人们端着一锨火从这个院子走到那个院子,那是再平常不过的事,没人觉得奇怪。现在我也端着一锨火在路上走,我觉得这不奇怪。

我感到奇怪是后来的事。火炉生好之后,我在椅子上坐下来,回想街上的人为什么要诧异,为什么在脸上弄出那种笑。这么想的时候才记起,我端着一锨火不是在乡下的屋檐下走,而是在城市的大街上。我身上穿的不是布衣草鞋,而是西服、领带,皮鞋擦得很亮,还有,我戴眼镜。样子像个城里人,西装革履,衣冠楚楚,却像乡下人那样端着一锨火在大街上走,这看起来的确叫人好笑。

但我当时没想起这些，一直小心翼翼地端着那锨火，过街，进小巷，上楼，然后把炭火倒进炉子里。不久，炉火就熊熊地燃烧起来了。炉火燃起来的时候，我很高兴。

来到城市这么久，一天究竟忙了些什么，已经记不清了。记得清楚的，就是端着一锨火走过大街这件事。

像不像个城里人

我的心它要回去

当初,看很多人离开村子,抢着往外面的城市跑,我眼一热,把两间瓦房和满屋的粮食、农具丢在村里,也跑出来,跑到这个名叫巴中的城市来了。

到现在,我来巴中已经两年多了。我丢在村里的农具肯定生了锈,仓里的粮食说不定开始发霉了。房前屋后的草和树枯了两次,不久就要枯萎第三次了……

扯远了,说说我在城里怎么过吧。

我在城里过得不好。主要是,我的心她要回去。当初,我的心是跟我一起来的,我们坐车。但是到这个城市才半年,有一天晚上,我忽然发现,只是我的身子孤零零地站在大街上,我的心不见了。她早已不在城里,不知什么时候溜回我们村里去了。她连招呼也不打就走了。

我是三十六岁那年来到巴中的,此前我一直待在我们村里,待了三十六年啊,我的心她要回去,那是有道理的。可是我不能再回村里了——如果回去,怎么对村里人说呢?不管怎么说,他们都会认为我没出息。我能做个没出息的人吗? ——不好意思回去了。

我知道我的心回村里干什么去了。她在那两间瓦房里走来走去,在房前屋后东张西望,在村里东走西逛;看家里的粮食和农具,看院坝边那一排柏树长了多高,看我以前种过的那些田地怎样了,还有空了的牛圈和猪圈,屋边荒芜的菜园,堂屋里没有烧完的木柴……我的心我最了解,她恋旧,她丢不下村里那个家。

我在巴中,而我的心,她回村里去了。我成了一个空心人。一个空心人在城里怎么过得好呢。

但我必须在这个城市里好好过下去。要想过得好,得把心先收回来。很多个夜里我都没睡觉,我傍门坐着,在万籁俱静的寂寞里一支接一支地抽烟。我在想,怎么才能把我的心叫回来。把一个心叫回来跟把一个人叫回来不是一回事,人不回来你可以追上去抓住他,心不回来,你连抓都没处抓。

还好,过了大半年,我终于把我的心给叫回来了。当然,我费了不少劲,人都瘦了一大圈。

为了把她留在城里,我把家从市中心搬到北边的城郊。这里离乡村很近,站在阳台上就能看到炊烟、竹林和麦地,能听见鸡鸣狗吠。我知道,看见这些,我的心就感到亲切,觉得跟住在我们村里差不多,感到一些安慰。

光是这样还不够,隔上十天半月,还要找些时间,比如傍晚或周末,带着她去村里走一走,看看地里的禾苗,捏一捏泥土,听一听树上的鸟叫,闻一闻路边的野花,跟地里除草的人说上几句……虽然那是别人的村子,可那也是村子啊,能跟村子亲近,我的心她就感到一种满足。

到现在,我在城郊住了一年多了。我不打算搬到别的什么地方去。住这里好,我的心她想念我们乡下那个村子的时候,我就带她到附近的村子走一走。

像不像个城里人

现在,从外表看,我差不多像个城里人了。穿皮鞋,而且每天刷一次油;发型是城里流行的那种——今年的"流行"跟往年的"流行"不一样，我也跟着变，但这个不用我操心，理发师会告诉我。我像城里人那样走路，挺胸抬头，两眼平视，脚迈方步，像个绅士。说话不忙不慌，吐词尽量文雅，该打哈哈就打哈哈。西服没有褶皱，领带理直……不管什么时候，当我提醒自己要做个像模像样的城里人时，我就真的像个城里人了。我对自己感到很满意。

但是偶尔，我会忘记自己是个城里人。比如，我在大街上走，走着走着，街边会忽然冒出两只鸡——鸡这种东西跟乡村有关，在车水马龙的城市遇见跟乡村有关的事物，我就走神了，想，这鸡是城里长大的还是乡下来的？如果是乡下的，它们怎么进了城，来干什么？来到城里它们会不会慌张？——城里有那么多人，我猜它们可能会慌张。但它们是不是乡下来的，是不是慌张了呢？我尾随而去，看它们在城市的大街上是个什么样子，比如怎么过街，怎么觅食……这个时候，用怎样的姿势走路才像个城里人，城里人该怎样表情，该有什么样的眼神，我都忘得一干二净了，我在乡下走路的习惯和姿势就出来了——乡下人走路是个什么样子，你肯定知道。

有一回，一个朋友打电话叫我到江南的老城，去一家茶楼喝茶。这种时候我肯定要把自己从里到外弄得像个城里人——坐在音乐低回、暗香浮动的茶楼里喝茶，这是城里人的雅事，很有风味的，不像模像样哪行呢。这茶要是喝得好，我就更像个城里人了。我把身上捏摸了又捏摸，一切都妥帖了才出门，一出门就拿出城里人的姿态在大街上走，自我感觉十分的好。但是，快到茶楼了，路过一条小巷的时候，忽然地，两三个描眉画眼、嘴唇红红的妖艳女子出现了，她们依在半掩的门里对我勾手——在电影里，这种女子多半要在手里拿一片粉色的手帕，对你轻轻一扬，那个意思就出来了——但她们手里没有手帕，空的——她们一边对我勾手一边说："眼镜哥哥，进来坐会儿嘛。"那声音很嫩，跟刚出土的豌豆苗差不多。我突然就慌了。这种人我只在电影里见过，从来没想到自己也会碰上。我就心慌了，脸红了，脚步也乱了。我差点要跑起来——你看，都这种时候了，我还记得"像个城里人"的事么？先前那风度和气势都没了，我把自己弄得连个乡下人都不如了，哪还像个城里人呢。我听见她们在背后嗤笑："看把他吓的，就像撞上鬼一样，瓜娃子——"瓜娃子"的意思我懂，跟我们村里骂一个人是"笨猪"差不多。

当然,这种事我只碰上过一次。在大街上观察两只鸡的机会也不多。但是,没有鸡,还有牛粪呀——那天我在大街上看见一堆牛粪了。我似乎很久没有看见这种东西了。在乡下的那些年里,我哪天不跟牛粪打交道呢,牛粪的形状、颜色和气息我都很熟悉。可自从进了城,就很难见到它们了。那天在大街上碰见了,我就把它们多看了几眼。我在想,这堆牛粪是怎么来的。它似乎是一头牛在大街上走过的时候拉下的。可是,城市里有牛吗?会不会有一头牛从城里的大街上走过呢?……你看,心里想着这些事——这像一个城里人想的事吗?

昨天下午下班后,我穿过大街往家里走,起初,我也是挺胸抬头、目不斜视、作古正经地像个城里人那样走路,可走着走着,我的思想又跑马了——我看见街道两边的树,它们整整齐齐地排着队——它们本来一向就这样的,站得整整齐齐才是城里的树嘛,没什么好奇怪的。但是昨天下午我脑子里突然冒出一个念头,觉得它们这么排着队,那是有目的的,是要开步朝哪里走。它们打算往哪里去呢?难道城里不好吗?城里是不好,没一片完整的土地,到处都被水泥封着,树们只有面盆那么一片地方,怎么够它们生长啊……乡下的土地宽广得很,树们是从来不排队的,想怎么就怎么……刚想到这儿,我的身子把街上一个戴眼镜的人给撞了,招来一句骂:"喂,你咋走路的?……乡巴佬!"——"乡巴佬",你看,我哪像一个城里人啊。

做个城里人不容易

城里的很多事我没学会。

不会跳舞,一跳腿就疼,膝盖骨里疼,不知怎么回事。也许是在乡下种田的那些年里弄出了什么毛病。在歌厅唱歌更不能,吼惯了鸡鸭的嗓子,哪能婉转动听得起来?喝茶么,也不会——我说的是在茶楼喝。

任宪生作品

在乡下，喝茶算个什么事呢，不过是喝一种解渴的水而已——有茶也好，没茶也好，反正就是解渴。随便在哪，站着喝坐着喝都行，喝好了，不渴了，就该走了，该干什么干什么去。谁还专门找个地方坐下来喝水呢。可城里不同，城里人把喝水当成一个事，跟他们活着就要唱歌、跳舞一样，跟乡下人放牛、割草是每天不可缺少的大事一样，马虎不得的。他们丢下工夫，找个茶楼坐着，一喝就是半天——城里的朋友说，他们不是一般的"喝"，叫"品"，品出滋味来。

最初，我还这么想，既然进了城，又打算做个城里人，就把这风雅事学学吧——总得学一样，不能什么都不会吧。有人叫我去茶楼，我就安安静静坐着，不管渴不渴，也学城里人的样子，仰在沙发里，跷个二郎腿，端着茶杯轻啜慢饮，饮完了续水，续了又饮。这么"品"它四五个小时，直到散场。啥事不干，坐在雅致的茶楼里喝茶听音乐，听人家东一句西一句谈天，这是美事，该是不学就会的。可我坐不住。我觉得累，比在乡下犁地还累。茶么，怎么饮怎么品，都是一种茶味，并没有喝出别的滋味来。结果我半途而废，没学会。我还是习惯解渴的喝法。

城里还有许多新的花样，比如"斗地主"（一种赌博方式）、按摩、桑拿……我也是一样不会。就说按摩吧，朋友请我到娱乐城去耍，受用过一回，结果，小姐的兰花指在我身上一摸，这身子不争气，它直哆嗦。小姐连说不好意思，我不好让小姐"不好意思"，按过一回也就不敢再去。浴足倒是舒服，可那价钱……不如自己在家洗。

来巴中两年多了，什么也没学会，朋友就说，你真是个乡巴佬，不会跳舞不会唱歌，不会喝茶不会按摩，不会……不会……这种人下一辈子也变不了城里人。

我有些沮丧。原以为外表像个城里人就行了，哪知做个城里人还有这么多讲究？

做个城里人真不容易。不知什么时候我才能像个城里人。

城市边缘

望着城市的牛

春天的一个下午,我在我们这座城市北边的村子里遇上一头神情忧伤的牛。是一条苍老的水牛。

那天,我去城北的村子里散心。那些日子我有些心神不宁,书是读不下去了,文章也难写,心里躁得慌,就决定去城北的村子走走。我以为我会看到一个欣欣向荣的村庄——在春天,哪儿不是这样呢?但是一路从村子里走过,我看见的是一片狼藉和混乱。这里那里的土地被城市伸过来的触须拱得破烂不堪,土壤裸露出来,黄一堆,红一堆,像是一些破烂的肌肉翻卷着。一块地,一半种着麦子,另一半正在修建一座高楼。鸡们在菜地和粪堆里东刨西抓,很忙乱,好像再不抓就没机会了。猫也不去墙角的洞口守候老鼠,而是站在路口或门外,歪着脖子看那边的城市步步逼近,那样子好像随时准备离开村子,要迁到别处去了。村里的人呢,在各自的院坝里闲坐,晒太阳,女人梳头或者织毛衣——这好像是冬天才干的活——男人则三五成堆聚在那里抽烟聊天。一眼就能看出,他们在坐等好日子的到来——城市过来了,他们破破烂烂的房子就要拆迁了,而即将拆迁的破房是比金子还贵的。还有,他们种着大蒜、麦子和油菜的土地也要升值……我看到的是一个即将逃亡的村庄。

在我感到失望的时候，我遇上了那头苍老而忧伤的牛。

我看见它的时候，它在村子后面那道斜斜的草坡里一动不动地站着，像团黑石头。起初，我没看见它的忧伤。坡地上满是茂盛而密实的青草，我以为它把草吃饱了，站在那儿没事。牛吃饱了无事可干，常常这么傻站着。但我很快发现，它并没吃饱，肚子瘪瘪的呢。一头牛，面对满地青草而无动于衷，它心里一定有事。在乡下生活了三十多年，还放过十几年牛，这个还能看不出来？"喂。"我站在距它不远的地方喊了一声。这是我多年的习惯，跟牛打招呼的时候就这么喊一声。现在，我脱口而出喊了它一声。但这不是我家养过的那头牛，它能否听懂，我没有把握。"喂。"我又喊了一声。它甩了甩尾巴，侧过头来，看了我一眼，然后转回头去，望着山下的城市。它看了我一眼，只一眼，我就看见了它眼里浓厚的忧伤——牛眼里的忧伤跟人眼里的忧伤一样，只可意会，难以描述，你自己想象吧。

村里还有很多可去的地方，但遇上这头牛之后，我哪儿也不去了，我在它旁边的草地上坐下来。我望着它。我在想，它为什么忧伤。它的眼角有很多皱纹，弯曲的双角布着一道道的圈，那是它的年轮……一头苍老的牛，它的年纪是在这个村子里一年一年大起来的，关于乡村和城市的变迁，它是知道的。村里的土地被城市一点一点夺走，草地一天一天消失，很多人离开了这个村子，很多鸡、狗、猪、牛也走了……也许，它的忧伤与这些有关。但这是我的想法，我是我，它到底想了些什么我难以确知。

我又喊："牛。"它把左耳支棱了一下。"牛。"它侧头看了看我。我喊它是想提醒它，别老这么站着，别忘了地上那些肥美的草。它似乎明白我的意思，低头在草地上嗅了嗅，卷了两片草，但就只卷了两片，又仰起头去望山下。山下有什么可望的呢？楼群摩肩接踵，很多楼房没了位置，被挤到城外的村子里来了……

那个春天的下午，这头牛一直站在草坡上望着山下的城市。它在忧伤。它很少吃草。我在它旁边的草地上坐着。我在想，它到底为什么这么忧伤……

后来，天晚了，从村里跑来一个孩子，牵它回家。那时，它还像一团黑石头站在那儿。孩子吆喝着说："你为啥不吃草？这么好的草不赶紧吃,总在这儿望,望啥呀？饿死你。"它被牵走了。

这是春天的事。时间过得真快,一晃,现在已是夏天了。这个夏天,我常常在记忆里看见那头苍老的牛。它满眼忧伤。

两只进城的鸡

哪家农民兄弟的两只鸡,不知什么时候进了城。我看见它们的时候,它们正在大街上从容不迫地走着。

这是一件让人惊奇的事。

早些年,我们这座城市来过牛,据说是从一个乡村到另一个乡村去,中途路过城市。被一位农民兄弟牵着走过大街的时候,它在街心花园撒下一堆牛粪,很多城里人都闻到了一种青草的气息。也来过马,五六匹一群,从城南的村子进来,浩浩荡荡横穿了整个城市,到城北的村子去了。最常来的是猪,汽车把它们拉进城的,它们没有机会在大街上行走,看看我们这座城市的风景,只是在车斗里望了望两边的高楼和街边花花绿绿的人群,一晃,就被拉到城市边缘的什么厂里去了。鸡进城,这是从来没有的事——我们这座城市允许养狗、养猫,却从来不许养鸡,也不许养兔。这个城市的孩子常常把鸡和兔子弄混,原因就在于他们既没有见过鸡,也没见过兔子。

现在,二零零二年六月的某一天下午,我在我们这座城市北边的大街上看见了两只鸡。看见它们之后,我因为惊奇而停了下来。感到惊奇,不是因为它们进城这件事——我在乡下生活过很多年,知道鸡们是喜欢自由的,它们经常离开自家院子,成群结队在村子里乱跑,到几里之外的田里刨食,有时还窜到邻村去,把人家的麦地弄得一塌糊涂。它们一向是想去哪里就去哪里,想干什么就干什么。没人管得了,也没人去管。现在,这两只鸡进城来了,不过是离开它们的村子稍远了些而已。——我猜，它们的家就在城北的某个村子里。那个村子的人每天进城卖菜，说不定，鸡们是跟着来的。

我觉得奇怪的是，这么多年来，村子里那么多鸡都没想到要来城市逛一逛，它们怎么就来了？来干什么呢？

我决定跟着它们。我想看看它们干些什么。那时还不到六点，学校还没放学，机关还没下班，街上的人不多，跟往时的热闹喧嚣相比，街头有一种下午特有的安静。我四处看了看，没人注意乡下来的两只鸡，也没人注意我。

我跟着两只鸡在城市的大街上走。这是两只半大不小的鸡，尾巴刚长出来，短短的，身上的羽毛一块白一块黑，还有些凌乱，样子有些丑陋。但它们两粒豆似的目光很亮。它们沿着街边的人行道朝城市中心方向走去。对我们这座城市的风景，它们不感兴趣，绿树、喷泉、草坪，一眼也没看——这些东西，它们大约在乡下已经看够了。它们把目光盯在地上。那意思很明白，我就不说了。但是，我们这座城市干净得很，街上哪有什么米粒、菜叶或别的什么呢，它们几乎一无所得。一只鸡啄了一个什么，随即又吐了出来。我跟上去一看，原来是一粒灰白的小石子，样子很像一粒米。它们走到街边一棵树下，那里有一圈未被水泥封住的泥土，它们试图用爪子从土里刨出些什么，但是一个身穿黄马褂的人赶来吆喝了两声，它们惊慌地跑开了。

此前，它们一直走得很自在，像在自家院子里一样，被黄马褂吆喝之后，它们就有些慌乱了，时不时要抬头惕然四顾。有人过来了，它们就一跳，赶紧离得远些。我远远跟在后面，它们也很不放心地屡次回头张望，拿晶亮的目光盯人。

后来，它们走到街口。它们在那儿停下来，朝对面的街道张望。它们好像在思考要不要穿过大街到对面去。一只鸡甚至提起了一只腿，做出单腿独立的姿势。但街上车如流水，那只提腿的鸡又把脚踩回地上。它们犹豫着，看看四周，样子似乎想找人打听一下，但没人理会。最后，它们转身朝回走。

这一次，它们朝着村子的方向走去。看样子，它们是打算离开城市回乡下去了。

朝回走的路上，它们遇上了很多人和车——学校放学了，机关下班了。它们看见了很多奇异的目光。很多人在议论，有两个背书包的孩子大呼小叫朝它们围过去。它们惊慌地在人群中跳跃奔跑。它们惊恐地叫了起来⋯⋯

它们跑到另一条大街的拐角处，停了下来，扬起脖子张望。大街转角之后有一条小巷，它们探头看了看，然后拐了进去。进小巷的时候，走在后面的那只鸡回头看了一眼。它看见大街上人更多了，车更多了。

进入小巷之后，它们镇静下来，从容不迫地朝小巷深处走去——小巷出头就是它们的村子了。

黄昏的时候，大约八点的样子，进城的两只鸡回到村里去了。那果然是城北的一个村子。

我站在小巷尽头看。它们从一道斜坡下去，走过田地之间那条弯曲的土路，上了一座小桥，过河，上一道坎，然后走进一座院子。

一只小狗，跳跃着从屋檐下跑出来迎接它们。

正如你想的那样，直到最后，我还是没弄明白它们为什么进城，来干什么。要让我猜，我认为它们不过是到城里来转转而已，就像一个常年在田地之间忙活的乡下人，偶尔到城里逛一逛。

在别人的村子里

在田坝里走来走去

以前,每隔十天半月,我要到城外的村庄走走。可是今年,事情太多,大半年了吧,一直没去。今天难得有空,去了。

这是深秋,田野里空荡荡的。

我踩着咔嚓直响的稻茬和干枯的野草,在空旷的田坝里东走西看。村里有人看见我在他们的田坝里胡走乱逛,但谁也没说什么。一坝空田空地,能踩坏什么呢,有什么说的呢。

离开我的乡村来到这座城市好几年了,我一直不习惯,仍然想念老家的村子。但老家的村子离这儿很远,难得回去一趟,我就把这里的村子当成自己的村子,常来走走看看。今年,还是春天的时候就说要来,但春天过去,夏天过去,现在都十月了,才终于来了。我不停地走呀看。目光有点贪婪。我这是高兴的。

我看到了很多熟悉的场景。这些场景让人感到温暖。炊烟从竹林里升起,红辣椒挂在篱笆上,鸡们在屋边的空地上争抢什么,牛在河边啃草,鸭子在河里捞食——它们把头栽进水里,身子倒竖着,尾巴朝天,两只腿在水面乱拨。一只蚂蚱从脚下的草丛里飞起来,像飞机那样直着翅膀在空中飞,飞过半个田埂,最后降落在一朵野花上。我赶紧跑过去,想看看它,还没跑拢,离它两米远,它又扑地一下飞走了。这小东西,我才大半年没来,就有点诧生了,好像不认得我了。

两只蝴蝶在空中打着旋儿,一转弯朝我这边来了。我看见是往我额头这儿来的,担心撞了它们,正想低头让一让,它们却在距我两尺远的地方斜了斜身子,朝左边去了。倒把我虚惊了一下。

什么地方传来锄头锲入泥土的沙沙声。肯定有人在哪儿干什么。挖地?种菜?我张望了半天,没弄清这声音来自何处。我准备爬上前面那道土坡,到上边田坝看看。爬到半坡,一回头,见一条狗隐在一丛灌木后面盯着我。我吓了一跳。看样子,它早就注意我了,我在田坝里东走西逛,它一直在远处盯着呢。肯定是这样。看我发现了它,它也吓了一跳,倏地缩了缩头。但它很快镇定下来,索性从树丛后面站出来,大胆地看着我。是一只半大的花狗,我觉得有点面熟。去年冬天我来村里的时候,我们好像见过面。但我不能肯定。它好像也这样想吧,是不是见过面?好像也不能确定。它有些疑惑地看着我。

我笑了笑,朝它挥挥手——像朋友打招呼一样。我跟它说,这个村子,是你的,也算是我的吧,我来村里看看,没别的事,你放心。

它站在那儿,看看我,又看看田野。之后,顿了顿,摆了一下尾巴,转过身,一声不响走了。

它一边走,一边在地上嗅。

给菊花拍一张合影

野菊开在路边的草丛里,一共十九朵。

这是秋日,田野里到处是野菊花,多得我都有些不大在意了。这十九朵,因为蜜蜂,引起了我的注意。

我从一块菜地边经过时,几只蜜蜂从我身边飞过,它们嗡嗡叫着,越过我的头顶,落在前面一丈开外的草丛里。我追踪而去,想看看它们在那儿干什么,结果就看见一地灿烂的菊花。白的,黄的,小小的花,却开得十分热烈。仿佛是些欢笑着的乡村女子,面对秋日的天空在绽放她们妩媚的笑。

我想,在她们面前,我应该放低姿态。我蹲下去,然后坐下来。坐在一群美人身边,我小心翼翼。

在贴地而生的草丛中,她们身姿挺拔,小小的花朵,仿佛是戴在头上的草帽。她们安静着,是一种悠闲自在的风姿。她们朴素而高贵。

一阵微风过来,两朵菊花把头碰在一处,好像在悄声耳语。旁边的都扭过身来,似乎要听听她们说些什么……

我数了数,她们一共是十九个,花,或者女子。

我想,应该为她们做些什么。为她们拍照吧。我掏出相机。我在城里一家报馆做记者,口袋里随时带着。拍照之前,我稍稍给她们摆了一下姿势。有几个被一些凌乱的野草遮住了,我把草往两边拨了拨。

我伏在地上。咔嚓,给她们拍了一张合影——

面对秋日的天空,她们灿烂地笑着。

村子是空的

我从田坝往村里走,一路上没有遇到一个人。

不知村里的人都到哪儿去了。他们肯定不在家里,这么好的阳光,这么好的天气,他们不可能待在家里。应该在田坝里干活才对。可是田坝里没有人。有时远远看见一个人在那边山岭上拿锄头挖什么,身子一起一伏的,赶紧朝那边走,到了一看,人没了,就一块挖过的地摆在那儿。

村子像是空的。

任宪生作品

从一家人的屋边路过,看见几只鸡在敞开的打米房里闲站着。它们没在地上找吃的,也不叫,就那么闲站着,像一堆闲聊的人没话可说了,你看看我,我看看你,谁也不出声。正好我从那儿经过,它们一齐转过头来看我,嘴里叽叽咕咕的。我停了停,看着它们。它们又不出声了,也不动。我感到奇怪。

路过一片菜园。地里是刚生出来的萝卜苗,还有包菜、四季豆……嘿,地里有一片泥土是湿润的,地沟里还放着一只湿漉漉的水瓢。看样子,刚才有人在这里给蔬菜浇水施肥。但现在不见人影,就一个水瓢静静放在地里。人呢,大约到那边的溪沟里挑水去了。我在菜园边一块石头上坐下来,点一根烟慢慢抽。我想等那挑水人回来。一边等,一边看地里的风景。这个季节,居然还有长得这样好的四季豆,看那藤蔓,一根一根爬上竹木搭成的架子,长长的豆角却一根一根吊下来……挑水的人还没回来……从前,四季豆这东西并不是四季都有,只是夏天才长……菜地里那些被水湿润的泥土渐渐泛起白来,秋日的阳光也是厉害的,把水分一点一点晒跑了……挑水人还不回来。

我等不住了,站起来,朝田坝走。走过两条田坎,还是不见挑水的人。那只水瓢还躺在那里。

我听见自己的脚踩在枯草上的沙沙声。一条狗在远处的田埂上散步。一只鸟从树梢上飞过,它的翅膀扇动着,却没有一点声响。

村子真像是空的。

衣袋里的手机忽然响起来,是一曲悦耳的音乐,吓我一跳。我感觉,好像整个村子都被惊醒了。

城里的朋友说,他们正在四处找我。耳机里传来喧哗的市声,汽车在大街上奔驰,李琼在音箱里唱"山路十八弯"……朋友说,早点回来啊,晚上我们喝酒。

关了手机,四周一片寂静。

我愣在那儿,半天回不过神。

路过别人的村庄

那天,在回城的途中,我路过一个村庄。

村里有很多路。我在其中一条路上走。我走的那条路在村里弯来绕去,我也跟着在村里弯来绕去。结果,路虽然只走了一条,却差不多把人家的村庄走了个遍。

这是人家的路,我小心地走着,不声不响。村里没人认识我,我也不认识人家,路上遇上谁了,只互相看那么一眼,也不说话,让一让就过去了。其中一个,我从一丛竹林经过时,他正好拖着一根竹子从林子里出来,我们目光相碰时,他停在那儿,脸上一下现出惊喜的神情,嘴唇动了动,马上就要跟我说话的样子。我感到突然,但很快就在心里做好准备,他一开口,就跟他说几句什么。但是,他脸上的惊喜很快消失了,他没有说话,我们擦肩而过。过后我想,他肯定认错人了,大约以为我是他家某个久不见面的亲戚,仔细一看却不是。还遇上一只狗,在我屁股后面跟了很长一段路。我装作不在乎的样子,只管挺胸抬头、不声不响走自己的路。其实我是怕狗的,还偷偷捡了块石头握在手里。但我没用石子扔它。它叫它的,我走我的。

如果是自己的村庄,我肯定不是这样。在自己的村子里,我当然是放开手脚在路上走,把路踩得咚咚响,见人老远就打招呼,又说又笑的。没人的时候还哼一哼小调。谁家的狗要是跟我汪汪乱叫,我肯定要好好教训它一番……

但这是别人的村庄,我不想惊动谁。

在别人的村庄,谁都这样。以前,在老家的时候,我经常看见一些陌生人从我们村里路过,也是一副缩手缩脚的样子。一只羊挡在路中间,他们也不吆喝,而是等羊走过了他们才走。有些是急着赶路的,也不叫羊让道,而是斜着身子从边上绕过。我那时想,怎么不吆喝一声呢,吆喝一声,羊会让道的,羊的主人也不会说什么。可是偏偏没人吆喝,都愿意自己受委屈。

后来,我到别人的村子去,这时才发现,我也没有吆喝人家的羊,也是自己给羊让道。我胆小吗,不是,那羊有什么了不起吗,也不是,很普通的一只羊。那是为什么呢?很简单,我在别人村里走。

这天，从这个村庄路过的时候，如果遇到羊，我肯定还是要给它让道的。但是没有遇上，只是遇上了狗。我没有给狗让道。天下没有给狗让路的道理。但是，它对我汪汪乱叫，我却没有用石头扔它。我不声不响，小心翼翼在村里走。

我从这个村子走过之后，除了两三个人和那只狗，没人知道我从他们村里走过。

我悄无声息地走过了这个村庄。

这是别人的村庄。

微笑的苹果

那个冬天的下午，在这个城市的某个街头，我突然看见一群苹果在微笑。

在这个城市，苹果总是站在最显眼的地方，我一眼就看见了它们。但是一开始，我只是看见前边的水果摊上有一群苹果，没有看见它们脸上的微笑。就像突然在街上碰见某个熟悉的人，还来不及看清他脸上的表情。苹果脸上的微笑，是后来才看见的。

"它们来自乡下。"看见那群苹果之后，我忽然这么想，"——也许，它们是从我们村里来的。"这么一想，我心里就感到一种温暖。我两年前离开我们村子来到这个城市，到现在一直没回去过。成天在城里忙这忙那，我差不多忘了我们乡下那个村庄，那个盛产苹果的村庄。我们村里的苹果树真多，漫山遍岭都是，一到秋天，村里到处弥漫着苹果的香气。苹果的香气把人弄得醉醺醺的，连过路的风都迷了路，整个收获季节，它们一直在苹果林里转着圈子……现在，看见这些从乡下来到城市的苹果——也许它们真是从我们村里来的呢——好像遇到来自故乡的亲人，觉得很亲切，我感到我的目光一点一点柔和起来，心里一点一点温暖起来……就在这时，我突然看见那群苹果在微笑。笑得脸都红了。

我有些惊诧。我走近去，仔细看着它们。它们簇拥在城市的街头，身子挨着身子，相互取暖，相互芬芳。我看见，它们的确在微笑，笑得脸都红了。是乡下少女那种低头的红。

我也禁不住微笑起来。我把微笑从人群之间的缝隙悄悄传递过去。我们彼此会心地交换着微笑。我和一群同样来自乡下的苹果站在城市的街头,互相凝望着,微笑……

仿佛,有一会儿,我们还差点笑出声来。

后来,我带着一些苹果往回走。我一路走一路想,它们怎么就笑了呢? 在乡下的那么多年里,在城市也有那么多次,我看见过苹果的红,那红跟草莓和桃的红差不多,是一种颜色;我从来没想到它们脸上的红会是一种令人温暖的微笑——笑得泛出红来。它们怎么就笑得脸都红了呢? ……我不明白,但是我很高兴,我看见苹果笑得脸都红了,是乡下少女那种低头的红。

这天晚上,我读到一个名叫卢卫平的人写的诗,诗曰:

……

它们是善良的水果

它们当中最优秀的总是站在最显眼的地方

接受城市的挑选

它们是苹果中的幸运者　骄傲者

有多少苹果　一生不曾进城

快过年了　我从它们中挑选几个最想家的

带回老家　让它们去看看

大雪纷飞中白发苍苍的爹娘

我一边读,一边对这个名叫卢卫平的诗人说:兄弟,我们多么幸福,我们都是看见苹果微笑的人。

看望村庄

不像原来的村子了

我是下午回到村里的。

乍一见面，村子愣了一下——它似乎认不出我了，我也愣了一下——我一眼就看出，村子不像原来的村子了。

村里有很多东西看起来还是从前的样子。比如牛粪吧，还是那样，田野里到处撒着牛粪。人们在牛粪之间来来去去。这情形跟我以前在村里见到的一样。又比如，我在好几个地方都看见有人把辛辛苦苦捡来的柴堆在路边，第一眼看见它们的时候，我还以为是我曾经丢下的——我在村里放牛的那些年里，每次都要捎带着捡一捆柴。我把柴打成捆放在路边的石头上，等回家的时候好带走。但有时候，我只记得把牛牵回村里，却把柴忘在山上了。过了这么多年，现在还有人像我一样记性坏，忘了把它们带回家。

我还看见我和陈海好多年前移栽的那株柏树。它已经长到三四丈高，跟别的很多树站在一起。陈海是我少年时代的伙伴，我们经常一起放牛、割草，坏事也一起干。有一天，我们看见一株小柏树长在被雨水冲得快要垮塌的岩边，就把它移到一片平地里。移栽的时候我们没想到今后会怎样，过了这么多年，它还在那儿，而且越长越好，这让我感到欣慰。有个诗人这样说：从小到大/听话的树/绝不乱动/……我觉得这首诗就是写这株树的。

村里的孩子还在骑牛。真没办法，虽然我西装革履地在城市混了好些年，外表有点像个城里人了，可一回到村里，还是不由自主地想起骑牛的事——我是骑在牛背上长大的。那时，我经常骑着牛在村里东游西转，把村子都走遍了，当然，不是一次，而是经过将近十年才走遍的，是水牛一边啃着地上的青草一边甩着尾巴驮着我走遍的。我把我们家的牛从活蹦乱跳的牛犊骑成步履维艰的老牛，再骑就要倒了，我才跑到城里读书去，然后找些事干。一晃好些年过去了，现在，村里的孩子还是骑着牛满村跑，我却只能站在远处看了。

但是，村里还是有好多东西变了样。我原来走过的一些路，有些弯弯曲曲的小路变成了又宽又直的大道；有的路却荒芜了，长满了荆棘和野草。有的人消失了，找遍整个村子也不见，而村后的坟地里多了几座坟墓。村里的鸡换了一批又一批，狗呢，小的小，老的老，我不认得它们，它们也不认识我——就说我回来那天吧，刚进村就碰见一条狗，我隐约记得，它是住在村口的陈大学家的狗，我离开村子之前，它好像还很年轻，机灵，乖巧，一副很逗人爱的模样，现在它长成了一条老狗，也不认得从前的我了，对我瞪着怀疑的眼睛，还大声吠叫着逼过来。这一来，我也摸不准它到底是不是从前那条狗了，好像是，又好像不是。

村里还有好些东西不见了。还说树吧，以前，村里到处都是树，但现在很多地方没有树了，不知它们到哪里去了。它们原来生长的地方，要么空着，要么被人开挖出来成了庄稼地。让人吃惊的是，一些原来像羊一样卧在路边的石头不见了，不知被人迁到哪儿去了。村西的山岭上原来有一块巨石，一幢房子那么大，但现在被人像切豆腐一样切成一小块一小块，然后挪走了。我回来的时候，它的一半已被切走，剩下的一半还在被人切着。那些被切下的石头到哪里去了呢？我在村里走了一圈才发现，它们在人家的院子里。陈仕新家的院坝原来是泥地，现在全铺了石板；陈海正在修新房——他女人生了第二胎，是个儿子，加上原来的一个，他就有两个儿子了，他有些发愁,因为以后要给每个儿子修一套房子,给每个儿子娶一个老婆,这不容易,陈海现在就开始动手了,给儿子们提早修起房子来,请了很多人给他抬石头,筑地基。还有陈强,他家屋后的小路以前是一条弯弯曲曲的土路,现在那土路上铺了石板,一级一级登上去,好看多了,也好走多了。——石头们挪挪窝,村里的面貌就变了。

一些地方的泥土也不见了。我能想象到,它们有些跟风走了,有些跟水走了,还有些跟着人的鞋脚走了。它们为什么要走,什么时候走的,到哪里去了,我有好些年不在村里,无从知道。我能知道的就是有些泥土不在原来的地方了。

人呢,表面看来仍然在忙那些事,种土豆、浇麦子、栽菜、割草、洗衣……他们在田坝里转着圈子,把地里的泥土搬来搬去。但是,他们在谁的地里忙呢,他们种着麦子的田地,有些原本是我的啊——以前,我在村里是有一份土地的,我出去的这几年,村里的土地被他们重新瓜分过了,所有的土地都被瓜分完了,连荒山野岭也不例外。村里没人想到要给我留一份,他们说我是外边的人了,不再需要土地养活。

好像是,我到外边晃了几年回来,村子成了他们的,我成了多余的人。

这个村子已经不是原来的村子了。

麦地边的鸟

从一块麦地边经过的时候,我看见地边的树丛上歇着一群鸟。

树上的叶子都掉光了,一群黑的鸟歇在光秃秃的枝丫上,如果它们不出声,我还以为那是挂在树上的叶子呢——在冬天,干枯的树叶经过风霜之后,也是黑色。但它们叽叽喳喳叫着,我才知道它们不是树叶,而是鸟。

这种鸟,我以前在村里的时候天天跟它们见面,很熟,也叫得出名字,但现在我把它们的名字忘了。我站在地边望着它们,它们之中的一些鸟也在望着我。它们也许觉得奇怪——村里怎么多出这么个人来。但更多的鸟对我不理不睬,依旧干自己的事,理羽毛、唱歌——我认为,它们那样婉转的鸣叫是在唱歌。还有一些鸟比肩站着,

任宪生作品

交头接耳,温言软语地说着什么,仿佛恋爱中的小儿女。

我去的时候,它们也许待在那儿很长时间了,我在麦地附近转了半个小时,它们还站在树枝上,没有离开的意思。我觉得有点怪——这是冬天呢,怪冷的。

第二天,我又从那块麦地边经过,看见鸟们还在那儿。唱歌,看风景,谈恋爱,悠闲自在的样子。

为什么老是待在这里?五牛来地里给麦子施肥,问他,他说,你看我这一地麦子长得多好。我光顾着看鸟了,没注意地里的麦子。麦子刚生出不久,才两三寸高,可它们长得多茂盛啊,又绿又嫩,绿茵茵的一大片。这一地麦子长得真好。

五牛又说,你忘了?它们是在守候这一地麦子呢。

五牛这么一说,我恍然大悟。我记起从前的事。小时候,我们经常看见,从麦子长起来,一直到成熟了,收割了,鸟们总是成群结队聚在地边的树丛上,孩子似的叽叽喳喳。我们轰赶,大人说,别赶,它们是在守候地里的麦子呢。它们就这样,天性。

我恍然大悟。

你看,去城里混了这么些年,我差点把这事给忘了。

听风说话

除了鸟,风也还是原来的老样子。

那天晚上,我原打算串串门,去看望村里的长辈,跟他们说说话,聊聊天。但那天傍晚突然起了风,结果我连门都出不去,待在屋里听了一夜的风——听风说话。

风是傍晚时分突然涌进村的,来了一队又一队,村里所有的树都被挤得趔来趄去。风们一来就成群结队在村里奔跑,并且大喊大叫,好像村里出了什么事。能有什么事呢,我所知道的,不过是村里有两头牛冻烂了耳朵,一些孩子的手冻破了皮。

风来了。天一黑,村里的人都钻进被窝,把半个脑袋和一只耳朵埋进被子,留下另一只耳朵在外面——天还这么早,觉是睡不着的,听听吧,听听风们在村里干些什么。

那天夜里，村里很安静。谁要说话，那是不成的——谁家的猪哼了一声，只是一声，就被风们喝了下去。

都在听风说话。有一队风从村西往村东跑，它们一路跑一路打着呼哨，像一群喝得半醉的流浪汉。另一队风从村北朝村南跑，跑到半途，忽然转了方向，也朝村东奔去。它们一路跑一路吼——到底吼叫些什么，因为吐词不清，没听清。

那些零星的风，有的咕咕哝哝说着什么，从屋顶的瓦片上踩踏而过。有的站在树梢上尖叫。有的在树叶上拍着巴掌。有的站在院子里把一根稻草当作笛子吹。有的在后山的坟地里放声大哭。

另一些风聚在一起说些什么，像村里的女人悄声说着闲话。它们说着，忽然就爆笑起来，笑一阵又低下声去。又哭了，先是一个哭，呜呜的，不久，别的风也跟着哭。哭一阵，又忽的噤了声，留下一段空白。这时能听见的，是远处的风在田坝里吵架似的吼。那是男性的风。它们好像为什么事扭打起来了，有扇巴掌的声音，有谁倒地的闷响……

不知什么时候，我在风的吵闹声中迷迷糊糊睡过去了……

第二天早上醒来，村里静得出奇。开门一看，大队的风已经走了，只剩一些受伤的风歪在院坝边的枯草上打着哆嗦。路边的树枝上挂着些破衣烂袖——也许，是那些惹是生非的风撕烂了衣服或裤子……

我站在屋檐下四处张望。

我看见，村里很多东西都有变化，可风还是原来的老脾气。过了这么多年，它竟一点没变。

看来看去，我有些糊涂了。说村子还是原来那个村子呢，不像，说不是呢，又是从前那个村子。这个村子到底还是不是从前那个村子呢，难说。

回家

看看现在的村庄

在外面的时候,村里的一切都陪着我,跟我一起在外面生活。现在我回到村里,村子也跟着回来了。

一年没有见面了,我一回到村里,就到处走走看看。

三爷去世了,他八十二岁,没病没痛就死了。五爷陈重海得了偏瘫,已经半年不能下地;我给他带了两袋巴中产的花茶,他一连说了五个"谢"字。陈义贤修了三间房,里外都整得很好,光工钱就开了五六千,钱是他儿子在上海打工挣的。开药房的陈云贤买了一台二十一寸的彩色电视机。村里的干部还是那几个人,只是会计朱大桂被撤了职,他贪污了八百块钱。

这家那家走了一圈,我把缺了一年的生活补回来了。

回家的路上,我看见两条狗,它们在前面走,听见我在后面走得响,就停下来远远看着我,然后一个把嘴巴凑到另一个耳朵上,好像在悄悄说什么。我把手里的随身听换一个角度拿着,弄了弄耳塞,继续朝前走。看我向它们走去,它们散开了。

晚饭时母亲告诉我,陈仕国的儿子五牛把李家那门亲事退了,听说要了一个北京女子,五牛在北京打工。她的意思是,我的年龄也不小了,也该找一个了。但她没有明说,她在拿别人的事暗示我。

夜里睡在床上,记忆中的村庄对我说,现在的村子跟一年前差不多。

很多人在恋爱

在外面打工的,这次回来的不少。在巴中开饭馆的陈川,在上海搞建筑的陈华贤,在宁波搞推销的陈仕训,在大连捕鱼的二狗、陈明详,在南京当厨师的陈刚,他们都在过年前赶了回来,有的在我之前,有的在我之后。

除了我和二狗,其他人都是结婚成家的。他们一回来,他们的老婆都变了一个人,像才结婚的新娘子,高兴,又有些羞涩,脸上红润润的,跟成熟的桃子差不多。

她们温柔地给男人碗里夹菜,给男人端洗脚水。这是白天的事,她们不怕哪个看见。到了晚上,都关了门,她们就把男人的脚抱在怀里。以前,男人没出去的时候,她们不是这样的,那时她们很不耐烦,说话不是说,是吼:吃饭!洗脚!睡觉!吼出的话是硬邦邦的,像冬天的石头。现在,她们一下子温柔得像一池水,把男人的心都泡化了。

有一天晚上,我从陈明详家的后门经过,听见他和他女人文香在床上耍,两个笑得上气不接下气。不知他们在搞啥。

男人也变了。陈仕训以前在家的时候,动不动就跟他女人李秀丽吵架,闹得跟仇人似的。现在好了,他每天都在李秀丽身边转,去后山背一回柴,两个跟在一路,你背一肩,我背一肩。煮饭的时候,一个烧火,一个转灶。两个好得跟恋爱中的人差不多。

陈华贤和他女人岳菊花也这样,男人去哪,女人跟着,女人去哪,男人跟着。

陈刚和他女人王菊英好像有说不完的话,成天形影不离,说话,一个咬着另一个的耳朵,悄声悄气的,好像怕人听见。有一次,二狗看见他们又在一起说呀说的,就喊起来:"看你们两个那样子,是不是在谈恋爱? 啊,都三四十岁的人了……"

从外面回来的人都这样。在新年即将到来之际,恋爱成为我们村里一大风景。

这真是让人羡慕的事。

我们这个村子真好。

去看看王芬

回家几天了,还没去看过王芬。很想去看看她。

不知陈明详他们几个是不是去了。我们应该去看看的,不然说不过去。但我一直没去,没有勇气。

我们都回家过年来了,陈桂贤却没有回来,王芬心里是啥滋味呢,一定很难受。陈桂贤是王芬男人,在广州一家电子厂打工,可是三月份时死了,在街上让车撞死的。

我没有勇气去看她,也不光为这个。听说三婶(王芬的公婆)年初也去世了,七十多岁的三叔,身体一向不好,只能割割草、放放牛,这样,王芬一个人种四亩地,养一个老人,带两个孩子,还要喂猪养鸡……不知道她的日子该怎么过。

王芬是我远房嫂子。她是个善良人,爱抿着嘴笑,不大说话,眼睛很亮,很多时候她的眼睛在说话。她成天在屋里屋外忙,没有闲下来的时候……但是,这是以前的她,现在发生了这么些事,她还是原来的样子吗?

有一天,我忍不住去找陈明详,问他什么时候去看王芬。结果陈明详想的跟我差不多,他说:"我一回来就说要去,但是……唉。"

也是凑巧,我从陈明详家出来,走到岭上,就看见王芬提着一筐菜从对面过来了。我感到突然,在那儿迟疑的时候,就听见王芬喊我的名字。她这么一喊,我原来的担忧没有了。我听出她的声音里没有我担心的那些东西。她是微笑着喊我的。

我们站在那里说了一会儿话。说她两个孩子读书的情况,说三叔的身体,说今年的收成。我们没有提起死去的陈桂贤。后来,王芬说家里有事,要回去磨豆腐,准备年

微笑的苹果

货。临走,她请我去她家去耍。

她走了之后我才想起,母亲说过,有人给她介绍了好几个对象,她都拒绝了。一个,她要求把三叔也带过去,对方不同意。另一个,她要求对方来她家落户,人家不同意,事情也吹了。

好吧,明天去她家看看。

请人吃饭

那几天,我们天天被人请去吃饭。陈川,陈华贤,陈仕训,陈明详,陈刚,二狗,还有我,凡是从外面回来的,村里各家各户都要请我们吃一顿。

酒桌上,他们说,你们出门在外,村里就剩我们这些妇女、老人和孩子,日子没个劲道,我们不习惯,天天想你们,想你们在外面过得咋样,活路好不好做,工作要顺利,不要出事……现在好了,你们回来了,我们坐在一起说说话,热闹热闹……我们七嘴八舌,说外面好是好,可都是人家的,城市是人家的,高楼是人家的,好吃的,好玩的,好看的,都是人家的。城里有人嫌我们身上脏,坐车,横眉竖眼瞪着你,喊你站开点;给他干活,他吼来吼去,好像你不是人,是狗;好不容易把活干完,他说这儿没弄对,那儿没做好,要扣工钱……后来,有人说,不说这些了,说些高兴的吧。于是,我们互相碰杯,说:我们不在家的时候,母亲生病了,二婶细心照看,感谢她啊;我们走了,家里缺劳力,三爷六十了,还帮着耕田犁地,感谢他啊;夏天下过一场暴雨,屋漏了,五叔帮我们盖瓦,感谢他啊……"这样说就见外了,都是乡里乡亲的,我们不帮谁帮?"他们怪我们把话说错了,要罚酒。"该罚该罚……"我们一咕噜喝下去,喝下去一看,个个脸上泪水涟涟……

在巴中的时候,陈川经常在他的饭馆里请我吃饭,母亲一直说要好好谢他一下。这次他回来了,母亲就请他到我们家一连吃了两天。她觉得还不够,说:"他走时再送些吃的,他带到巴中自己做。"问送些啥,母亲说:米、面和蔬菜,我说这些东西城里都有,这么远的路,麻烦。"那就拉一车木柴,他开饭馆用得着。"我说不行,城里烧的是天然气。她就愁起来,最后想不出别的办法,只好生拉活扯把陈川请到我们家里又吃了一天。

谁的城市好

在家里住了十几天之后才发现,我们打工的那个城市,跟着我们的心,也到我们村里来了。

我们回到村里,城市也来陪着我们。

但是,巴中跟上海不同,大连跟深圳不同,我们带回村里的城市各不一样。从上海回来的陈华贤,说话带着上海腔,偶尔骂一句什么,我们听不懂。从广州回来的,学那边的人说话,叽里嘎哪,笑死人。从大连回来的二狗和陈明详能说普通话了。就只我和陈川还是一口土气的家乡话——相比之下,巴中离我们村最近嘛。

一天晚上,我们围在陈华贤家的火塘边闲聊,说各自在外面的见闻。陈仕训说,宁波一个银行行长的女人去商场买鸡腿、鸭腿,后来看见有鱼,就要买鱼腿,服务员说没有这个东西,行长的女人不高兴,说这么大的商场没有鱼腿,怎么会呢? 就骂服务员没见识,又骂商场不上档次,连鱼腿都没有卖的……我们大笑。陈明详说,大连那边有个女人去餐馆吃饭,买了一只焖鸡,吃着吃着就嚷起来,说餐馆短斤少两,给她的鸡只有两条腿……我们又大笑。

笑过了,陈华贤说,上海没有这种怪事,上海人既发财,素质又高。听到这儿,陈仕训有些急,连忙说宁波人素质也高,也富裕。两个人就争了起来,一个说上海城市漂亮,女孩长得好看;一个说宁波人不欺生,待人好。争得面红耳赤。

这两个,前几天,他们还说自己打工的城市这不好那不对,现在呢,生怕对方把自己打工的城市说差了。

从他们的话里,我们听出一种距离。他们以前在村子里种地的时候,是没有什么

任宪生作品

差距的,现在不同了,他们之间有了距离。

是两个人之间的距离,也是两个城市之间的距离。

这时我们才发现,远处的城市也跟到我们村里来了。

老屋

好些年没回老家看看了。

对我来说,老家大抵只是一个空壳了。父母已经离开人世,大妹年纪轻轻的也去了,二妹呢,远在重庆,一年半载难得回家一次。昔日热热闹闹一大家,如今走的走了,散的散了,或是阴阳两隔,或是天各一方。老家那四间瓦房里,就只是小弟一家四口了。

我孤身在外,时常梦回故里,但想起家中变迁,不免吁叹再三。即便回了老家,还能看到些什么呢,徒增伤悲耳。

从前,父母健在的时候,我们兄妹四人,在外工作的,在校读书的,出了嫁的,都离老家不远,逢上节日假期,常要回家看看。那时,一家老小欢然相处,或同在田间劳作,或一起燃炊做饭,夏日月下纳凉,冬夜围炉闲话,彼时,老家屋檐下,欢声笑语,茶酒飘香,儿孙绕于父母膝下,父母给予儿孙无尽爱抚,其乐融融,其情殷殷。斯时情景,于今难忘。

世间常乐之事少有。家运倏忽逆转。不几年父亲忽得暴病,卧床仅六日即撒手人寰。过四年,母亲又患恶疾,百般医治无效,一年之后也随父亲去了另一世界。

两棵大树相继倒了,老屋一下冷寂下来。兄妹相聚,少有欢笑,萦绕心头的多是伤感。

其时,二妹正在外省求学,小弟尚未成家,大妹虽已出嫁且有了两个孩子,但遇人不淑,生活不幸,殊可忧虑。身为兄长,全家的重担落在了我的肩上。偿还父母生病及丧葬所借的债务,送二妹读书,支付她的书学费及生活费,接济生活困难的大妹,为小弟完婚。事事得周全,件件得落实。历经沧桑,身心俱疲。在难以言说的艰难和窘迫中苦苦熬过四年,终于,二妹毕业有了工作,小弟成家有了孩子,欠账也越来越少。眼见着日子就要好起来了,也该舒口气了,谁知大妹在那个家越来越过不下去,要离婚。于是,接着奔走,出钱,跑路,费了不少心思和口舌,终于也办妥了。可这边有了了结,那边还有一桩:大妹年纪尚轻,总不能在娘家跟小弟他们过一辈子,还得另找人家开始新的生活。于是,订婚,置办嫁妆,送出娘家……

诸事料理明白,总算可以告慰九泉之下的父母了。那年春节,我们兄妹四人相聚老家,在坟前化纸告慰父母:我们都已各成家业,我们会在这个世上好好活下去。夜里,围炉话家事,我嘱告弟弟妹妹:经历了这么些事,我感到很累,想歇歇了,此后,你们好自为之,自立自强,彼此照应,过好各自的日子。弟妹三人含泪应答。

言犹在耳,哪料到,一生多磨难的大妹忽于来年春天难产而殁。我们约好相依相惜走过完整的一生,她却不辞而别,太过匆忙地走了。

老家屋檐下只剩我们兄妹三人了。

世事蹉跎,兄妹三人相聚老屋的机会也愈来愈少。二妹身在外省,离家原本遥远。我呢,在经历了一番心灵的挣扎和搏击之后,终于辞了工作,只身出走来到这座小城,离老家也远了。

生我养我的老屋,如今只有小弟一家了。

人生艰难,出来之后的这些年里,我不曾返乡,不知老屋还是昔日的老屋否?——父母尚在之日,为使老屋不致太过简陋,我有过修葺老屋的计划,并已部分实施:粉饰内墙,木窗换了玻璃;在屋前植柏树数十株,在院中养花种草……原拟先期美化环境,尔后再添家电,以让一生辛劳的父母得尝生活的甘甜。可人算不如天算,父母竟早早辞世而去,一切遂成枉然。

想来,老屋堂前的树木该是两三丈了,是否枝繁叶茂,可否冬抵寒风,夏挡烈日?大约院中也是鸡鸭成群,小弟的两个孩子正在绕室追逐嬉戏罢?屋后山上坐落着父母的坟墓,在这木叶飘零的初冬时节,墓地四周的杂草是绿着还是枯萎了呢?

好些年没回老家看看了。